NEW GEPT

新制全民英檢

初級 口說測驗必考題型

陳國際語言中心委員會、
陳鈺璽／著

全書MP3一次下載

9789864541980.zip

「此為 ZIP 壓縮檔，請先安裝解壓縮程式或 APP，
iOS 系統請升級至 iOS 13後再進行下載，
此為大型檔案，建議使用 WIFI 連線下載以免占用流量，
並確認連線狀態，以利下載順暢。」

目 錄
CONTENTS

Chapter 1 實力養成

Chapter 2 考題透視

Chapter 3　模擬試題

Chapter 1
實力養成

Part 1
考題介紹與
拿分致勝關鍵

學習目標

1. 了解英檢口說測驗的大概情況。

2. 學會在應試的時候應做什麼樣的準備。

3. 學會各種考試題型的基本破題技巧。

PART 1

測驗重點

考題介紹與拿分致勝關鍵

一、全民英檢初級口說能力測驗考題介紹

全民英檢的初級口說測驗分為「複誦」、「朗讀句子與短文」與「回答問題」共三個部分。口說測驗的目的在測驗考生的口語表達以及聽懂題意的能力,因此,包括發音是否標準、語調是否流暢、回答是否符合題目要求、字彙片語的多寡都是重點。

「全民英檢初級口說」第一部分「複誦」,在朗誦時需要「聽說並用」,由於看不到題目,考生只能透過記住聽到的內容、再把答案唸出來,因此重點會放在是否掌握完整的句子,以及句子的發音是否正確。

第二部分「朗讀句子與短文」的重點是測試應試者發音與語調的正確性,朗讀的節奏也會顯現出對於句型的了解、文章意義的掌握程度。

第三部分「回答問題」,共有 7 題。答題重點在於完全理解耳機傳來的問題,並且明確表達自己的想法。所以這個部分需要「聽說並用」,不能「答非所問」,回答也不能「沒有邏輯」。題目包括 YES-NO 問句和疑問詞(What, Where, How 等)問句,考生對於這兩種題目類型都必須完全熟悉。

二、應試前的準備

1. 及早到場排隊：

　　口說能力測驗在語言教室舉行，建議各位考生早點到場，確認自己的教室，免得到時候時間不夠，不但要跟別的考生擠在一起確認自己在哪間教室應考，萬一遇到突發狀況（例如臨時換教室），也沒有足夠的時間應對。

2. 切換英文思考：

　　有些人在考試之前，會用中文聊天，這樣的行為其實會影響考試時的表現。在說中文一段時間之後，因為已經習慣中文的說話模式，忽然要轉換成用英文聽、說，就算是英文能力很好的人也會一時腦筋轉不過來。所以，如果有英文不錯的朋友陪考，請跟他用英文聊天。若沒有人陪考，也可以聽英文廣播、podcast 或英文學習書的音檔。（不建議聽英文歌，因為歌曲的旋律和說話的語調完全不同），以保持大腦英文反射思考的模式。

3. 除了證件以外，其他東西可以不要帶就不要帶：

　　在參加考試時，如果帶了太多不必要的東西，反而很容易影響到應考的心情。在口說測驗時，連考試號碼也是用說的，這表示甚至連筆都不用帶。如果在考試前想做點別的事情，聽英文音檔可以創造英文思考的環境，是比較好的選擇。

4. 確認錄音設備：

　　在正式考試前，考務人員會要求考生檢查設備，這時候一定要仔細檢查耳機、放音機是否都運作正常。如果因為裝置故障而影響考試成績，就太冤枉了。

5. 放鬆心情，自然回答：

　　全民英檢口說測驗是在語言教室進行，與一般考試的教室不同，所以心情要放輕鬆，不要因為換了環境就覺得緊張、不適應。題目會透過耳機播放，回答時只要當成有人在你面前，自然說出口就行了。由於回答有時間限制，所以時間一到就必須停止作答，如果還繼續說下去，會讓自己聽不清楚下一個題目，而影響接下來的表現。而且，沒有說完整個句子並不是扣分的原因，所以不用為此感到擔心。

三、初級口說測驗各題型拿分致勝關鍵

第一部份　複誦：

　　「複誦」只要聽懂錄音的內容，掌握句子的重點，並且在開口複誦時注意到發音、語調等重點，這樣在面對麥克風時就能從容應答。在這個部分，應試者可能在聽完音檔之後，就忘記題目的內容，或者根本聽不懂題目，可以透過本書「複誦」部分的「常考句型」來熟悉這個部分的重點。

致勝關鍵 KeyPoints

1. 除了口說能力，也要訓練聽力、記憶能力，才能有效地完整聽到、記住題目的內容。
2. 遇到不會唸的單字時，可用「發音練習」單元所教的技巧說出來，儘量爭取分數，絕對不要跳過不複誦。
3. 注意句子的語調變化，切忌複誦的語調無高低起伏。

第二部分　朗讀句子與短文：

　　「朗讀句子與短文」部分，主要是要了解應試者對發音、語調的掌握能力，應試者必須正確且自然地唸出短文。在朗讀句子和短文之前，有一分鐘的時間可以先閱讀，應試者應該先了解句子和短文的意義與目的，並揣摩句子和短文的情境，就可以在朗讀時掌握正確的語調，唸起來不會平淡而索然無味。在閱讀的時候，可以先默唸比較難的單字或發音，在正式朗讀時才不會慌亂。接下來兩分鐘的朗讀時間，則以正常的速度唸出。這個部分會有五個句子和一篇短文。

致勝關鍵 KeyPoints

1. 遇到不會唸的單字時，可用「發音練習」單元所教的技巧唸出，儘量爭取分數，絕對不能放棄整段不唸、或是把不會唸的單字跳過。

2. 注意句子的語調變化，切忌逐字分別朗讀或語調沒有高低起伏，可用本書的「朗讀句子與短文」單元來加強語調的表達。

3. 若能兼顧發音的正確性，可達加分效果，但不必刻意強調，反而造成朗讀負擔。本書的「發音練習」單元可提高考生發音的準確度。

第三部分　回答問題：

　　「回答問題」部分共有 7 題，每題有 15 秒的回答時間，題目不會在試題紙上，而是用聽的。因此，要答對題目的第一步就是要聽懂題目，題目會播放兩次，因此要在這兩次中掌握題目的重點。一般而言，15 秒可以回答出大約 3-4 句，建議一直講到時間結束為止。時間結束後，一定要停止作答，以免錯過回答下一題的機會。

致勝關鍵 KeyPoints

1. 注意聽發問者的問題，尤其是開頭的疑問詞。熟讀本書「回答問題」模擬考題的「最常考生活主題」，可增進「聽」問題的能力，並熟悉各個情境的問題。

2. 小心「相似發音」導致「會錯意」、「答錯題目」，造成一分都拿不到的遺憾。多加練習「發音練習」，可以避免這樣的狀況。

3. 與寫作相同，在回答問題時，應該套用自己最有把握的句型，不要因為想拿高分而勉強使用自己不熟悉的進階文法。如果用錯文法，不但不能提高分數，反而會因為犯錯而被扣分。練習「回答問題」各單元的「常見回答句型」，就會更有把握應對考試。

Chapter 1
實力養成

Part 2
發音練習

學習目標

1. 學會自然發音，達成看到字母就會唸的目標。

2. 了解音節發音，遇到長的單字也不怕。

3. 分辨相似音，不怕聽題目的時候聽錯，也不怕講答案的時候講錯。

PART 2

發音重點
1

功能字

　　功能字通常為虛字，包括冠詞、人稱代名詞、所有格形容詞、助動詞、be 動詞、介系詞、連接詞、限定詞等，在句子中要輕讀，有些字甚至會改變發音。

單字	原音標	改變發音
a	[æ]	冠詞，在句中常唸成 [ə]
an	[æn]	冠詞，在句中常唸成 [ən]
the	[ðə]	越到後面首字母是母音的單字則唸成 [ði]
I	[aɪ]	
we	[wi]	
you	[ju]	ye [yə] 英文口語發音常把 you 說成 ya
he	[hi]	
she	[ʃi]	
they	[ðe]	
my	[maɪ]	
our	[ˋaur]	
your	[jʊɚ]	在句中常唸成 [jə]
his	[hɪz]	
her	[hɝ]	
their	[ðɛr]	

單字	原音標	改變發音
this	[ðɪs]	
that	[ðæt]	
these	[ðiz]	
those	[ðoz]	
is	[ɪz] [ɪs]	常與 it 縮寫成 it's [ɪts]
are	[ar]	在句中常唸成 [r]
am	[æm]	常與 I 縮寫成 I'm [aɪm]
was	[waz]	在句中常唸成 [wəz]
were	[wɚ]	在句中常唸成 [wə]
will	[wɪl]	常與主格代名詞縮寫，如 you'll [jul]
would	[wʊd]	常與主格代名詞縮寫，如 they'd [ðed]
shall	[ʃæl]	在句中常唸成 [ʃəl]
should	[ʃʊd]	在句中常唸成 [ʃəd]
do	[du]	作助動詞時常唸成 [də]
does	[dʌz]	在句中常唸成 [dəz]
did	[dɪd]	
has	[hæz]	作助動詞時常唸成 [əz]
have	[hæv]	作助動詞時常唸成 [əv]
can	[kæn]	在句中常唸成 [kən]
as	[æz]	在句中常唸成 [əz]

單字	原音標	改變發音
of	[av]	在句中常唸成 [əv]
for	[fɔr]	在句中常唸成 [fə]
at	[æt]	在句中常唸成 [ət]
on	[an]	在句中常唸成 [ən]
in	[ɪn]	
to	[tu]	在句中常唸成 [tə]
into	[`ɪntu]	
out	[aʊt]	
by	[baɪ]	
up	[ʌp]	
down	[daʊn]	
about	[ə`baʊt]	
above	[ə`bʌv]	
across	[ə`krɔs]	
against	[ə`gɛnst]	
along	[ə`lɔŋ]	
among	[ə`mʌŋ]	
around	[ə`raʊnd]	
over	[`ovə]	
after	[`æftə]	
before	[bɪ`for]	在句中常唸成 [bə`fɔr]

單字	原音標	改變發音
behind	[bɪ`haɪnd]	
below	[bə`lo]	
beside	[bɪ`saɪd]	
between	[bɪ`twin]	
beyond	[bɪ`jɑnd]	
and	[ænd]	在句中常唸成 [ən]
but	[bʌt]	在句中常唸成 [bə]
or	[ɔr]	在句中常唸成 [r]
any	[`ɛnɪ]	在否定、疑問、假設句的名詞前唸 [ənɪ]
some	[sʌm]	

範例說明

EX It's a **PIECE** of **CAKE**. （小事一樁。）

以上這個句子大寫的部分應該重讀，小寫的部分則應該輕讀。這樣一來，
才聽得出來哪些詞彙是要強調的事（也就是 piece 和 cake）。

- -

再來練習一個句子，你就可以更了解這個訣竅了：

EX Would you **LIKE** a **CUP** of **TEA**? （你想來杯茶嗎？）

這句話常中最重要的字是 "like"、"cup"、"tea"。這句話的開頭 "would
you ~ like" 是一種表示客套、禮貌的表達，等於 "want（想要）" 的意思。
如果是在相當熟悉的朋友或家人之間，很可能只會說：

WANT a **CUP** of **TEA**?

所以，你就可以了解為什麼只有 "like"、"cup"、"tea" 需要重讀了。

注意（一）

　　唸句子時，要表現得很流利，功能字可以輕輕帶過。不過，在做「強調」的時候則是相反，例如下面這些句子：

EX　I **DO** like this idea.　（我真的很喜歡這個想法。）

　　這裡的 **do** 是在強調：我是「真的」很喜歡這個想法。

EX　He **DID** lie to his wife.　（他真的跟他老婆說謊。）

　　這裡的 **did** 是在強調：他「真的」對他老婆說了謊。

　　另一種「強調」的用法是為了回應問句的重點，不同的狀況，會有不同的強調重點。如下：

EX　A: Who told you?　（誰告訴你的？）

　　B: **SHE** told me.　（她告訴我的。）

　　問句問 **who**（什麼人？），因此強調：就是「她」告訴我的。

EX　A: Should I put this box on the table?

　　（我應該把這個箱子放在桌上嗎？）

　　B: NO, put it **UNDER** the table.

　　（不，把它放在桌下面。）

　　強調放置的位置：在桌子「下面」，不是「上面」。

注意（二）

　　另外，許多介系詞（例如 in、on 等）也可以與動詞搭配，形成片語動詞，這時候的介系詞就變成了介副詞，一旦成了介副詞就不再是功能字，也就不可以輕讀，而應該重讀。例如：

EX　Please **TAKE OFF** your shoes.　（請脫鞋。）

　　這裡的 take off（脫掉）是片語動詞。

　　所謂的片語動詞就是：必須有動詞加上介副詞，形成另一個與動詞本身意義不同的片語。上面的例子中，take 單獨存在時，意思是「拿」，但與介副詞 off 搭配時，則變成了 take off（脫掉）的意思。

> 以下幾個句了，請判斷哪一句出現的片語動詞：
>
> 1. Everyone went into the room.　（每個人都進到房間裡。）
> 2. Go up the hill.　（往山丘上爬。）
> 3. He didn't show up.　（他沒出現。）
> 4. Remember to turn off the light.　（記得要關燈。）
> 5. A bird flew over my head.　（一隻鳥從我頭上飛過。）

　　這裡出現動詞片語的是第三句、第四句，分別出現了 show up（出現）和 turn off（關閉）兩個動詞片語。show 和 turn 這兩個詞彙和其他介副詞搭配，還有以下幾種常見的情況：

> 1. show off　愛現
> 2. turn on　開啟
> 3. turn down　拒絕（把～調小、調暗）

4. turn up　把～調大、調亮

5. turn over　交接

　　這些片語動詞無法單獨從動詞去判斷意義，而且可以與其他字搭配成各種不同的意思，考生只能靠平時多讀多記，才能掌握語感。但是，口說測驗不考你究竟懂不懂得句子的意義，只要你能判斷該重讀哪些字，該輕讀哪些字，自然順暢地唸出來就可以得分。

發音重點
2

自然發音

在朗讀時可以利用本身對單字的了解來唸出單字，但是如果遇到意思不確定的單字時該怎麼辦？這時就可利用「自然發音」的規則將單字唸出來。記得，朗讀不會問了不了解句子或短文的意思。當然，如果你了解意思唸起來自然會順暢，不過萬一有一、兩個單字不認識也不要緊張，可以嘗試自然地唸出單字。千萬不要停頓下來，一旦停頓下來就很明顯知道你不會了。

「自然發音」規則簡述如下，希望提供考生在學習後，再遇見新的單字時可以先不查字典，試著自己利用發音是不是正確。練習幾次後，當你上場考試時就能不慌不忙地應對了。

① 子音

b = [b]	p = [p]
g = [g]	c = [k]；k = [k]
d = [d]	t = [t]
v = [v]	f = [f]
z = [z]	s = [s]

※ 注意：左邊子音為有聲；右邊子音為無聲。

x = [ks]　　　　　　　通常在字尾出現的發音，如：o**x**、bo**x**

※ 注意：有另一種與 x 發音相反的字尾 -**sk** 的發音，如：task、desk

m = [m]；n = [n]

r = [r]；l = [l]

h = [h]；w = [w]

以上這些字母都與 KK 音標一樣，一個字母一個音。另外，可能也有兩個字母（甚至三個字母）發成一個音的唸法，例如：

不固定位置出現

ch = [tʃ]；tch = [tʃ]	例：tea**ch**、wa**tch**
sh = [ʃ]	例：**sh**eep、wa**sh**
th = [ð] 或 [θ]	例：**th**ere、**th**ink
ph = [f]	例：**ph**one、ele**ph**ant

常出現在字首

qu = [kw]	例：**qu**estion、**qu**ilt
wh = [hw]；[w]	例：**wh**at、**wh**ere
gu = [g]	例：**gu**ess、**gu**est
kn = [n]	例：**kn**ow、**kn**ife

常出現在字尾

-ng = [ŋ]	例：si**ng**、goi**ng**
-ck = [k]	例：bla**ck**、clo**ck**
-ts = [ts]	例：ge**ts**、si**ts**

※ 注意：有另一種發音剛好相反的 -st，如：**taste**、**guest**

-ds = [dz]　　　　　例：needs、heads

-bt = [t]　　　　　　例：doubt、debt

-mb = [m]　　　　　例：dumb、comb

最後，其他字尾發音變化如下：

-nk = [ŋk]　　　　　例：ink、tank

-tion = [ʃən]　　　　例：station、action

-sion = [ʒən]　　　　例：vision、television

以上這些子音如果在字首發音通常不會出現問題，但是如果在字尾單獨出現，必須特別小心。請練習下面的詞組：

rob	[rɑb]	rope	[rop]
bag	[bæg]	back	[bæk]
box	[bɑks]	desk	[dɛsk]
wave	[wev]	wife	[waɪf]
bell	[bɛl]	bear	[bɛr]
sad	[sæd]	sat	[sæt]
rise	[raɪz]	rice	[raɪs]
needs	[`nidz]	waits	[wets]
mom	[mam]	none	[nʌn]
sang	[sæŋ]	sank	[sæŋk]
watch	[wɑtʃ]	wash	[wɑʃ]
action	[`ækʃən]	Asian	[`eʃən]
growth	[groθ]	waste	[west]

PART 2

② 母音

> 短母音

單獨一個母音字母＋子音＝一個音（母音發短音）

a = [æ]　　　　　例：**a**t、b**a**t

e = [ɛ]　　　　　例：**e**gg、g**e**t

i = [ɪ]　　　　　例：**i**t、k**i**ck

o = [ɔ]；[a]　　例：d**o**g、p**o**t

u = [ʌ]　　　　　例：**u**p、c**u**p

> 長母音

母音字母＋ e → 母音發長音

ae = [e]　　　　　例：**a**t**e**、c**a**k**e**

ee = [i]　　　　　例：s**ee**、sl**ee**p

ie = [aɪ]　　　　例：p**ie**、p**i**l**e**

oe = [o]；[a]　　例：t**oe**、v**o**t**e**

ue = [u]；[ju]　例：bl**ue**、**u**s**e**

以下，請練習長母音與短母音的字組：

can	[kæn]	came	[kem]
set	[sɛt]	seat	[sit]
bit	[bɪt]	bite	[baɪt]
cut	[kʌt]	cute	[kjut]

兩個（或以上）母音字母 → 母音發長音

ai = [e]　　　　　　　例：**ai**m、r**ai**n

ea = [i]　　　　　　　例：**ea**t、s**ea**

oa = [o]　　　　　　　例：b**oa**t、g**oa**l

oo = [u]；[ʊ]　　　　例：b**oo**ts、b**oo**k

ou = [aʊ]　　　　　　例：**ou**t、cl**ou**d

母音字母＋半母音 y → 母音發長音

ay = [e]　　　　　　　例：s**ay**、p**ay**

ey = [i]　　　　　　　例：k**ey**、monk**ey**

※ 注意：y 為半母音，單獨與子音結合唸長母音 [aɪ]，例：**shy**、**sky**；

　　或短母音 [ɪ]，例：**happy**、**monthly**。

母音字母＋ w

aw = [ɔ]　　　　　　　例：s**aw**、d**aw**n

ow = [o]　　　　　　　例：sl**ow**、b**ow**l

ow = [aʊ]　　　　　　例：c**ow**、br**ow**n

雙母音

oi = [ɔɪ]　　　　　　　例：j**oi**n、j**oi**nt

oy = [ɔɪ]　　　　　　　例：j**oy**、b**oy**

-r 母音

ar = [ar]；[ɚ]　　　　例：st**ar**、doll**ar**

er = [ɚ]　　　　　　　例：sist**er**、us**er**

ir = [ɝ]　　　　　　　例：g**ir**l、sk**ir**t

or = [ɔr]；[ɚ]　　　　例：f**or**、doct**or**

ur = [ɝ]　　　　　　　例：h**ur**t、n**ur**se

特殊母音

-le = [l̩]　　　　　例：litt**le**、midd**le**、fashionab**le**

all；al = [ɔl]　　　例：t**all**；**al**most

igh = [aɪ]　　　　例：f**igh**t、fl**igh**t

將相同發音的不同拼字方式整理如下：

拼字方式	母音	單字
ae ai ay	[e]	例：plane；plain；play
ee ea ey e	[i]	例：meet；meat；key；me
ie igh i	[aɪ]	例：bite；pie；high；hi
oe oa ow	[o]	例：toe；coat；slow；snow
ou ow	[aʊ]	例：cloud；cow
ue oo	[u]	例：blue；flute；fool
ar er or	[ɚ]	例：dollar；brother；actor
ir ur	[ɝ]	例：first；further
oi oy	[ɔɪ]	例：coin；boy

發音重點
3

字首字尾

　　無論是平常在背單字，或考試當下要唸出某個詞彙的時候，除了自然發音的技巧之外，還有另一個方式可以幫助發音，那就是把已經會的字前後加上幾個字母（變成另一個音節），形成另一個意義上相近或相反的字。

1 字首

> 在單字前面加上一個音節，重音還是落在原來單字上。

joy	歡樂	→ en-`joy	享受（歡樂）
courage	勇氣	→ en-`courage	鼓勵 = 使有勇氣
appear	出現	→ dis-ap`pear	消失 = 不出現
honest	誠實的	→ dis-`honest	不誠實的
happy	快樂的	→ un-`happy	不快樂的
polite	禮貌的	→ im-`polite	不禮貌的
dependent	依賴的	→ in-de`pendent	獨立的 = 不依賴的
night	晚上	→ to-`night	今晚
day	天	→ to-`day	今天
though	雖然	→ al-`though	雖然
together	一起	→ al-to`gether	一起
clock	鐘	→ o`clock	鐘點
angle	角度	→ rect-`angle	長方形

在單字前面加上一個音節，重音就會落在新的音節上。

mother	母親	→ `grand-mother	祖母
father	父親	→ `grand-father	祖父
son	兒子	→ `grand-son	孫子
daughter	女兒	→ `grand-daughter	孫女
man	男人	→ `wo-man	女人
male	男性	→ `fe-male	女性
gram	公克	→ `kilo-gram	公斤 = 一千 grams
meter	公尺	→ `kilo-meter	公里 = 一千 meters
way	路	→ `sub-way	地鐵 = 地底下的路
shirt	襯衫	→ `T-shirt	T 恤
night	晚上	→ `mid-night	午夜
angle	角度	→ `tri-angle	三角形
form	型態	→ `uni-form	制服 = 統一的型態

② 字尾

名詞字尾

加上字尾 -er、-or 等等，表示「人」：

在單字後面加上一個音節，重音還是落在原來單字上。

dance	跳舞	→ `danc-er	舞者
drive	駕駛	→ `driv-er	駕駛員
own	擁有	→ `own-er	擁有人
play	玩	→ `play-er	玩家
sing	唱	→ `sing-er	歌手
teach	教	→ `teach-er	老師

work	工作	→ `work-er	工作者
lose	失去	→ `los-er	失敗者
rule	統治	→ `rul-er	統治者
paint	塗顏料	→ `paint-er	畫家
speak	說	→ `speak-er	說話者
use	使用	→ `us-er	使用人
vote	投票	→ `vot-er	投票者
write	寫	→ `writ-er	作者
win	贏	→ `win-ner	獲勝者
law	法律	→ `law-yer	法律人
wait	等候	→ `wait-er `wait-ress	服務生 女服務生
act	演出	→ `act-er `act-ress	演員 女演員
sail	航海	→ `sail-or	船員
serve	服務	→ `serv-ant	僕人
foreign	外國的	→ `foreign-er	外國人
visit	拜訪	→ `visit-or	拜訪者
city	城市	→ `citi-zen	市民
journal	月刊、日記	→ `journal-ist	記者

在單字後面加上一個音節，重音位置改變。

office	辦公室	→ `offic-ial	公務員
piano	鋼琴	→ pi`an-ist	鋼琴家
music	音樂	→ mu`sic-ian	音樂家
photograph	攝影	→ pho`tograph-er	攝影師

加上字尾，表示「物」：

在單字後面加上一個音節，重音還是落在原來的單字。

freeze	冷凍	→ `freez-er	冷凍庫
print	列印	→ `print-er	列印機
pack	打包	→ `pack-age	包裹
rub	磨擦	→ `rub-ber	橡皮擦
slip	滑下去	→ `slip-pers	拖鞋 = 將腳跟輕輕滑入鞋裡

加上 -ache 字尾，表示「疾病、疼痛」：

在單字後面加上一個音節，重音還是落在原來的單字。

head	頭	→ `head-ache	頭痛
tooth	牙齒	→ `tooth-ache	牙痛
stomach	肚子	→ `stomach-ache	肚子痛

其他名詞字尾：

在單字後面加上一個音節，重音還是落在原來的單字。

build	建築	→ `build-ing	建築物
feel	感覺	→ `feel-ing	感受
meet	見面	→ `meet-ing	會面、會議
mean	表示	→ `mean-ing	（表達的）意思
paint	塗顏料	→ `paint-ing	畫作
spell	拼字	→ `spell-ing	拼字
wed	結婚	→ `wed-ding	婚禮

follow	跟著	→ `follow-ing	以下
begin	開始	→ be`gin-ning	開始、起源
fail	失敗	→ `fail-ure	失敗
move	移動	→ `move-ment	行動、活動
treat	對待	→ `treat-ment	對待、治療
serve	服務	→ `serv-ice	服務
free	自由的	→ `free-dom	自由
king	國王	→ `king-dom	王國
friend	朋友	→ `friend-ship	友誼
child	孩子	→ `child-hood	童年
safe	安全的	→ `safe-ty	安全
difficult	困難的	→ `difficult-y	困難
marry	結婚	→ `mar-riage	婚姻

動詞變名詞的字尾變化

動詞加上字尾 -ion、-tion、-sion，發音為 [ʃən]，重音一定會落在新字尾前的音節（也就是倒數第二個音節）。

elect	選舉	→ e`lect-ion	選舉
discuss	討論	→ dis`cuss-ion	討論
pollute	污染	→ pol`lut-ion	污染
protect	保護	→ por`tect-ion	保護
produce	製造	→ pro`duc-tion	產品
divide	分	→ di`vi-sion	分區
operate	操作	→ ope`ra-tion ※ 重音音節已經改變	運作
organize	組織	→ organi`za-tion ※ 重音音節已經改變	組織

31

形容詞字尾

加上 -ern 的字尾，形容「方位」：

在單字後面加上一個音節，重音還是落在原來的單字。

east	東方	→ **`ea**st-ern	東部的
west	西方	→ `west-ern	西部的
south	南方	→ **`sou**th-ern	南部的
north	北方	→ `north-ern	北部的

加上 -y 字尾，形容「氣候」：

在單字後面加上一個音節，重音還是落在原來的單字。

rain	雨	→ `rain-y	下雨的
wind	風	→ `wind-y	刮風的
cloud	雲	→ `cloud-y	多雲的
snow	雪	→ `snow-y	下雪的
storm	暴風	→ `storm-y	暴風的
sun	太陽	→ `sun-ny ※ 重複字尾 n + y	晴天的

其他形容詞字尾：

在單字後面加上一個音節，重音還是落在原來的單字。

health	健康	→ `health-y	健康的
honest	誠實	→ `honest-y	誠實的
sleep	睡覺	→ `sleep-y	想睡的、睏的

sneak	潛行	→ `sneak-y	偷偷摸摸的
skin	皮膚	→ `skin-ny	瘦的、皮包骨的
use	使用	→ use-d	使用過的
please	使高興	→ please-d	高興的（被引起的）
marry	結婚	→ `marri-ed	已婚的
excite	使興奮	→ ex`cite-d	興奮的
surprise	使驚訝	→ sur`pris-ed	驚訝的
peace	平靜	→ `peace-ful	平靜的
pain	痛	→ `pain-ful	痛苦的
help	幫助	→ `help-ful	有幫助的
skill	技巧	→ `skill-ful	有技巧的
use	使用	→ `use-ful	有用的
wonder	奇蹟	→ `wonder-ful	令人驚奇的、絕妙的
success	成功	→ suc`cess-ful	成功的
fool	笨蛋	→ `fool-ish	愚蠢的
self	自己	→ `self-ish	自私的
gold	金子	→ `gold-en	金黃色（的）
wood	木頭	→ `wood-en	木製的
will	意願	→ `will-ing	有意願的
love	愛	→ `love-ly	可愛的
friend	朋友	→ `friend-ly	友善的
humor	幽默	→ `humor-ous	幽默的
person	個人	→ `person-al	個人的
tradition	傳統	→ tra`dition-al	傳統的
effect	效力	→ e`ffec-tive	有效力的
talk	說話	→ `talka-tive ※ 比 talk 多兩個音節	多話的

副詞字尾

在單字後面加上 -y 或 -ly，重音還是落在原來的單字。

可做形容詞與副詞

like	像	→ `likely	有可能
month	月	→ `monthly	每個月
week	星期	→ `weekly	每星期

只做副詞

sudden	突然的	→ `suddenly	突然地
simple	簡單的	→ `simply	簡單地

複合字

　　複合字是由兩個完整的單字結合，形成一個新的單字。重音通常在第一個單字原來的重音音節上。特殊情況下，重音音節會有所改變。

① 表示「人」

business + man	→ `business-man	生意人
chair + man	→ `chair-man	主席
gentle + man	→ `gentle-man	紳士
mail + man	→ `mail-man	郵差
sales + man	→ `sales-man	銷售員
police + man	→ po`lice-man	警察
fish + er + man	→ `fisher-man	漁夫
teen + age(r)	→ `teen-ager	十幾歲的青少年
walk + man	→ **`walkman**	隨身聽
	※ walk + man 變成物而不是人	

② 表示「事物」

base + ball	→ `base-ball	棒球（base＝壘）
basket + ball	→ `basket-ball	籃球
foot + ball	→ `foot-ball	足球

volley + ball	→ `volley-ball	排球（volley = 飛擊）
note + book	→ `note-book	筆記本
text + book	→ `text-book	教科書
book + case	→ `book-case	書櫃
black + board	→ `black-board	黑板
white + board	→ `white-board	白板
post + card	→ `post-card	明信片（post = 郵政）
tooth + brush	→ `tooth-brush	牙刷
tea + pot	→ `tea-pot	茶壺
flash + light	→ `flash-light	手電筒（flash = 閃光）
swim + suit	→ `swim-suit	泳衣
under + wear	→ `under-wear	內衣（褲）
water + fall	→ `water-fall	瀑布
pine + apple	→ `pine-apple	鳳梨（pine = 松樹一般的葉子）
water + melon	→ `water-melon	西瓜
broad + cast	→ `broad-cast	廣播（cast = 拋、丟）
hair + cut	→ `hair-cut	理髮

※ 注意：**butterfly**（蝴蝶）≠ **butter**（奶油）+ **fly**（飛）。

❸ 表示「時間」

birth + day	→ `birth-day	生日
week + day	→ `week-day	週一至週五
week + end	→ `week-end	週末
thanks + giving	→ `Thanks-giving	感恩節

4 表示「地點」

bath + room	→ `bath-room	浴室
bed + room	→ `bed-room	臥室
rest + room	→ `rest-room	（公共）廁所
super + market	→ `super-market	超級市場
side + walk	→ `side-walk	人行道
cross + walk	→ `cross-walk	斑馬線
over + pass	→ `over-pass	天橋
under + pass	→ `under-pass	地下道
high + way	→ `high-way	公路；幹道
play + ground	→ `play-ground	遊戲場

5 代名詞

every + body	→ `every-body	每個人
every + one	→ `every-one	每個人
every + thing	→ `every-thing	每件事
some + body	→ `some-body	某個人
some + one	→ `some-one	某個人
some + thing	→ `some-thing	某件事（物）
what + ever	→ what-`ever	任何事（物）
	※ 重音的音節已經改變	

6 副詞

every + where	→ `every-where	到處
some + where	→ `some-where	某處
some + times	→ `some-times	有時候
down + stairs	→ `down-`stairs ※ 重音的音節已經改變	樓下
up + stairs	→ `up-`stairs ※ 重音的音節已經改變	樓上
out + side	→ `out-`side ※ 重音的音節已經改變	外面
in + side	→ `in-`side ※ 重音的音節已經改變	裡面
over + seas	→ `over-`seas ※ 重音的音節已經改變	海外

7 介系詞

with + in	→ with-`in ※ 重音的音節已經改變	在～範圍內
with + out	→ with-`out ※ 重音的音節已經改變	沒有～
through + out	→ through-`out ※ 重音的音節已經改變	遍及～

特別字

下面會提到經常被唸錯的單字，這些單字會被唸錯有很多原因，最普遍的是中文已經有相似發音的詞語，但英文發音的方式並不相同（例如：cartoon），所以會很常唸錯。其次，就是無法用發音規則輕易唸出來的單字（例如：tongue）；或太長、不容易記住的單字（例如：hippopotamus）。最後，就是有些拼字很相近，但是發音卻非常不同或重音所在音節不同所產生的問題（例如：desert、dessert）。

中、英文發音類似但不盡相同的單字

卡通	cartoon	[kɑr`tun]
颱風	typhoon	[taɪ`fun]
孔夫子	Confucius	[kən`fjuʃəs]
巧克力	chocolate	[`tʃɑkəlɪt]
咖啡	coffee	[`kɔfɪ]
豆腐	tofu	[`tofu]

專有名詞

① 臺灣地名

臺灣地名可以用中文直接發音，但是首先得認識它的英文拼字，由於發音不太符合英文字發音規則（而是中文的拼音系統），所以應該特別練習。

Tainan	台南
Taichung	台中
Hualian	花蓮
Kaohsiung	高雄

② 節日

下列這些單字通常不是單一個字，而是二至三個字形成一個詞組，所以在說或在唸的時候千萬不可以停頓，以免語意不清楚。

Double Tenth Day	雙十節
Dragon Boat Festival	端午節
New Year's Day	新年
New Year's Eve	除夕
Valentine's Day	情人節

③ 首字母組成的名詞

以下這些單字都是取兩個或三個英文詞彙的字首形成，唸法只需要一個字母、一個字母唸出來就可以了。在此提供一些名詞原來的英文字組，往後如果有機會見到時，請千萬要記得，在唸的時候要當成一個單位一口氣唸出來，不可以停頓。

A.M.	上午
P.M.	下午
PE = physical education	體育
CD = compact disc	光碟
VCR = video cassette recorder	錄放影機
KTV = karaoke television	伴唱電視
MRT = Mass Rapid Transit	捷運

特殊拼字、發音

特定子音 + 特定母音 = 特殊發音

gentle	[`dʒɛntl̩]	溫和的
gym	[dʒɪm]	健身房

※ 注意：當 g 碰上 e、y 時，g 不再唸 [g]，而是唸 [dʒ]。

center	[`sɛntɚ]	中心
cycle	[`saɪkl̩]	循環

※ 注意：當 c 碰上 e、y 時，c 不再唸 [k]，而是唸 [s]。

queen	[`kwin]	皇后
question	[`kwɛstʃən]	問題
liquid	[`lɪkwɪd]	液體

※ 注意：當 q 碰上 u 時，是唸 [kw]。

母音發音與自然拼音規則不符

couple	[`kʌpl̩]	一對
create	[krɪ`et]	創造
crisis	[`kraɪsɪs]	危機
minus	[`maɪnəs]	減去
minute	[`mɪnɪt]	分鐘

特定的母音不發音

guitar	[gɪ`tɑr]	吉他
tongue	[tʌŋ]	舌頭
pigeon	[`pɪdʒɪn]	鴿子

PART 2

子音發音與自然拼音的規則不符

uni**que**	[ju`nik]	唯一的；獨特的
mos**qui**to	[məs`kito]	蚊子
stoma**ch**	[`stʌmək]	胃；【口】肚子
sol**di**er	[`soldʒɚ]	士兵

特定的子音不發音

buffe**t**	[bu`fe]	自助餐
cas**t**le	[`kæsl]	城堡
i**s**land	[`aɪlənd]	島嶼
forei**g**n	[`fɔrɪn]	外國的
Chris**t**mas	[`krɪsməs]	聖誕節
spa**gh**etti	[spə`gɛtɪ]	義大利麵
s**c**ience	[`saɪəns]	科學
s**c**ientist	[`saɪəntɪst]	科學家

意思相關，重音或發音不同

① 數字

thir`teen	十三	`thirty	三十
four`teen	十四	`forty	四十
…		…	
nine`teen	十九	`ninety	九十

② 動詞 v.s. 名詞

動詞單字	音標	中文
conflict	[kən`flɪkt]	衝突
import	[ɪm`port]	進口
desert	[dɪ`zɝt]	拋棄
tear	[tɛr]	撕
lose	[luz]	失去
live	[lɪv]	住
sell	[sɛl]	賣
sing	[sɪŋ]	唱
speak	[spik]	說
try	[traɪ]	嘗試
grow	[gro]	成長
choose	[tʃuz]	選擇
light	[laɪt]	光
know	[no]	知道
solve	[salv]	解決
produce	[prə`djus]	製造
photograph	[`fotəˌgræf]	照片

名詞單字	音標	中文
conflict	[`kɑnflɪkt]	衝突
import	[`ɪmport]	進口
desert	[`dɛzɚt]	沙漠
tear	[tɪr]	眼淚
loss	[lɔs]	損失

名詞單字	音標	中文
life	[laɪf]	生命
sale	[sel]	銷售
song	[sɔŋ]	歌曲
speech	[spitʃ]	演說
trial	[`traɪəl]	嘗試
growth	[groθ]	成長
choice	[tʃɔɪs]	選擇
lightning	[`laɪtnɪŋ]	閃電
knowledge	[`nɑlɪdʒ]	知識
solution	[sə`luʃən]	解答
product	[`prɑdəkt]	產品
photographer	[fə`tɑgrəfə]	攝影師

③ 形容詞 v.s. 名詞

形容詞單字	音標	中文
high	[haɪ]	高的
long	[lɔŋ]	長的
social	[`soʃəl]	社會的
confidential	[͵kɑnfə`dɛnʃəl]	獲信任的
democratic	[͵dɛmə`krætɪk]	民主的

名詞單字	音標	中文
height	[haɪt]	高度
length	[lɛŋθ]	長度
society	[sə`saɪətɪ]	社會
confidence	[`kɑnfədəns]	信心
democracy	[dɪ`mɑkrəsɪ]	民主

拼字相似，語意相異

　　以下表格中紅底的字包含了上方欄位中所有的字母，但是兩個單字的意義卻完全不相關，有些單字發音相近，如果在朗讀時遇到並不會影響發音（如果你懂得自然發音的話），但是平常要說出這些單字時，就必須特別瞭解單字的意思了。但有些單字的發音卻有明顯的差異，在朗讀時就必須特別小心。

單字	音標	中文
new	[nju]	新的
news	[njuz]	新聞
war	[wɔr]	戰爭
warn	[wɔrn]	警告
mean	[min]	表示
means	[minz]	方法
list	[lɪst]	列表
listen	[ˋlɪsn̩]	聽
blank	[blæŋk]	空白的
blanket	[ˋblæŋkɪt]	毯子
sneak	[snik]	偷偷地走
sneaker	[ˋsnikɚ]	運動鞋
custom	[ˋkʌstəm]	風俗；習慣
customer	[ˋkʌstəmɚ]	顧客
you	[ju]	你
young	[jʌŋ]	年輕的
pear	[pɛr]	西洋梨
appear	[əˋpɪr]	出現
though	[ðo]	雖然；儘管
thought	[θɔt]	想法

PART 2

其他注意事項

平時在練習發音的時候，可以將一個單字與另一個單字的相似處列出來，相互輔助學習，一次就可以不只學會一個字。以下就列出一些示範，建議你也能將平常學到的單字拿來做比較，經常練習。

發音相同，語意相異

單字 1	中文	單字 2	中文	相同發音
hi	嗨	high	高的	[haɪ]
hear	聽到	here	這裡	[hɪr]
their	他們的	there	那裡	[ðɛr]
our	我們的	hour	小時	[`aʊr]
close	關閉	clothes	衣服	[kloz]
flower	花	flour	麵粉	[flaʊr]
meat	肉	meet	碰面	[mit]
plain	簡樸的	plane	飛機	[plen]
peace	和平	piece	一片；一塊	[pis]
right	對的	write	寫	[raɪt]
see	看到	sea	海	[si]
waste	浪費	waist	腰	[west]
wait	等	weight	重量	[wet]
weak	脆弱的	week	一星期	[wik]
wood	木頭	would	將	[wʊd]

用會唸的字，猜不會唸的字

比如說，大家都會唸 need（需要）這個動詞，但是卻不一定知道 needle 到底該怎麼唸，甚至不知道它的意思是什麼。這時候，就可以利用自然發音法唸出來：

need + -le [ḷ] = needle [`nidḷ]

再來做幾個練習，就更能得心應手，萬一考試時真的不懂單字的意思，也要盡量把單字唸出來，絕對不要跳過這個字不唸，這是最不理想的情況。因為就算唸錯一個字可能會被扣分，然而完全不唸就沒有分數了。

① 字尾相同的字組

pass	grass	/ æs /
path	math	/ æθ /
cause	pause	/ ɔz /
pear	bear	/ ɛr /
pie	die	/ aɪ /
pool	fool	/ ul /
pull	full	/ ʊl /
arm	warm	/ rm /
sorry	worry	/ rɪ /
parrot	carrot	/ ærət /
season	reason	/ izṇ /
treasure	pleasure	/ ɛʒɚ /
horrible	terrible	/ rəbḷ /
mile	smile	/ maɪl /
ask	mask task	/ æsk /

② 字首相同的字組

sweat	sweater
secret	secretary
station	stationary
employ	employee

③ 發音類似，音節相同的詞組

potato	tomato
papaya	banana

　　最後要提醒的是：可以將一些比較長的單字列出來，讓自己多練習發音。例如：hippopotamus（河馬）這個單字應該是全民英檢初級口說測驗字彙表中最長的單字了，一定要自己多練習、多唸幾次，才能讓你的舌頭更靈活、更熟練。

Chapter 2
考題透視

Part 1
複誦

作答提示

1. 題目不印在試題紙上,由耳機播出。每題會唸兩遍,
   聽完每一題的句子後,必須立即複誦聽到的句子。

2. 正確的發音、語調和流利度是這個部份測驗的重點。

3. 以下將常見的複誦句子類型分為 25 類,每類有 10
   個常用句供作練習。

4. 練習時請先聽音檔跟著複誦後,再看文字跟著音檔
   複誦確認發音、語調。

常考句型
1

直述句

🎧 1-01.mp3

要領提示　直述句是所有句型中最簡單常用的，句尾語調要下降。
發音提示　粗體套色字為重音，加底線者為連音。

● ●

1　I ha<u>ve a</u> **dictionary**.

我有一本字典。

重點直擊

・重音在 dictionary。

・have 和 a 要連在一起讀成 [`hə-və]。

● ●

2　**Purple** is her **favorite color**.

紫色是她最喜歡的顏色。

重點直擊

・favorite 「特別喜愛的」＋n.。

　(ex) favorite movie　最喜愛的電影

　(ex) favorite sport　最喜愛的運動

　(ex) favorite dish　最喜愛的菜餚

● ●

3 Lisa speaks **three languages.**

麗莎會說三種語言。

重點直擊

- speak (language)，意思是「會說（某種語言）」
  ⓔⓧ speak English 會說英文
  ⓔⓧ speak Chinese 會說中文
  ⓔⓧ speak Japanese 會說日文

● ●

4 It's getting **cold** at **night**.

晚上變冷了。

重點直擊

- it's 是 it is 的縮寫，唸成 [ɪtz]。
- it 在這裡可以解釋成「天氣；氣候」。
- be + getting + adj.，意思是「越來越～」。
  ⓔⓧ He is getting fat. 他越來越胖了。

● ●

51

致勝關鍵 KeyPoints

★人稱代名詞 + be 動詞的縮寫唸法

人稱代名詞 + be 動詞	縮寫唸法	中譯
I [aɪ] + am [æm]	I'm 唸成 [aɪm]	我是
we [wi] + are [ar]	we're 唸成 [wɪr]	我們是
you [ju] + are [ar]	you're 唸成 [juɚ]	你是；你們是
he [hi] + is [ɪz]	he's 唸成 [hiz]	他是
she [ʃi] + is [ɪz]	she's 唸成 [ʃɪz]	她是
it [ɪt] + is [ɪz]	it's 唸成 [ɪts]	它是
they [ðe] + are [ar]	they're 唸成 [ðer]	他們是

⑤ The **man** in **black** is my **father**.

那個穿黑色衣服的男子是我爸爸。

重點直擊

・in + color，意思是「穿著～顏色的衣服」

ex in red　穿紅色衣服

ex in yellow　穿黃色衣服

ex in blue　穿藍色衣服

⑥ I'm **so happy** to **see** you **here**.

我很高興在這裡見到你。

重點直擊

- I'm 縮寫讀做 [aɪm]，注意發 [m] 的音時，雙唇要緊閉。
- happy [`hæpɪ]（感到）高興的 adj.，注意母音是 [æ]，不要誤唸成 [e]。

---

7 **Jogging** is **good** for **health**.

慢跑對健康有益。

重點直擊

- jogging 慢跑，母音 "o" 發 [a] 的音，唸成 [dʒɑgɪn]。
- be + good for + n.，意思是「對～有好處；對～有益處」。
  ex Smoking is not good for your health.
  抽菸對你的健康沒有好處。

---

8 I'd **better leave** at once.　我最好馬上離開。

重點直擊

- I'd = I had，I'd 要輕讀 [aɪd]，字尾 [d] 不需唸得太用力，輕輕帶過即可。
- 主詞'd better to + 原形動詞，意思是「最好～」
  ex You'd better to go to bed right now.
  你最好現在就上床去睡覺。
- at once 立刻，馬上；同時
  ex Come here at once!　立刻到這裡！
  I can't do these things at once.　我沒辦法同時做這些事情。

53

致勝關鍵 **KeyPoints**

★人稱代名詞 + had 的縮寫唸法

人稱代名詞 + had	縮寫唸法
I [aɪ] + had [hæd]	I'd 唸成 [aɪd]
we[wi] + had [hæd]	we'd 唸成 [wid]
you [ju] + had [hæd]	you'd 唸成 [jud]
he [hi] + had [hæd]	he'd 唸成 [hid]
she [ʃi] + had [hæd]	she'd 唸成 [ʃid]
it [ɪt] + had [hæd]	it'd 唸成 [ɪd]
they [ðe] + had [hæd]	they'd 唸成 [ðed]

The train **leaves** at **three**.

這班火車在三點發車。

重點直擊

- leaves at 要連在一起唸,唸成 [liv-zæt]。
- three [θri] "th" 發無聲子音 [θ],舌頭要伸出來。
- at three = at three o'clock 三點鐘

Everyone **wants** to be **rich**.

大家都想當有錢人。

重點直擊

- wants 要注意字尾發音為 [tz]。
- rich [rɪtʃ] 有錢的；富有的 adj.，注意 "i" 要唸 [ɪ]，"ch" 唸 [tʃ]。

常考句型 2

否定句

🎧1-02.mp3

要領提示　否定句中強調否定意思的字要重讀。
發音提示　粗體套色字為重音，加底線者為連音。

● ●

1　I **don't** like **oranges.**

我不喜歡柳橙。

重點直擊

・ don't = do not，縮寫唸成 [dont]。
・ oranges 的字尾 "s" 發有聲子音 [z]。

● ●

致勝關鍵 KeyPoints

★常見助動詞 + not 的縮寫唸法

助動詞 + not	縮寫唸法	中譯
do [du] + not [nɑt]	don't 唸成 [dont]	不
does [dʌz] + not [nɑt]	doesn't 唸成 [ˋdʌzn̩t]	不
did [dɪd] + not [nɑt]	didn't 唸成 [ˋdɪdn̩t]	不
can [kæn] + not [nɑt]	can't 唸成 [kænt]	不能

助動詞 + not	縮寫唸法	中譯
will [wɪl] + not [nat]	won't 唸成 [wont]	不會
should [ʃʊd] + not [nat]	shouldn't 唸成 [ˋʃʊdn̩t]	不應該
would [wʊd] + not [nat]	wouldn't 唸成 [ˋwʊdn̩t]	不會
could [kʊd] + not [nat]	couldn't 唸成 [ˋkʊdn̩t]	不能

2 He is **not here** yet.

他還沒到這裡。

重點直擊

・not 這裡要重讀，強調否定。

・here [hɪr] 注意字尾的子音 [r] 要捲舌。

3 She **didn't do** her **homework**.

她沒有做功課。

重點直擊

・didn't = did not，縮寫唸成 [ˋdɪdn̩t]，注意重音在前面。

・do [du] 做（事情） v.，要重讀。

4 I **don't** have **enough money**.

我的錢不夠。

重點直擊

- enough 足夠的 adj.，有兩種發音 [ə`nʌf] 或 [i`nʌf]。母音 "ou" 發 [ʌ] 的音，不要唸成 [a]。"gh" 發子音 [f] 的音。

---

⑤ Today is **not** my **birthday**.

今天不是我的生日。

重點直擊

- not 要重讀，強調「生日不在今天」這個否定的事實。
- birthday「生日」，"th" 發無聲子音 [θ]。

---

⑥ You can't smoke here.

你不能在這裡抽菸。

重點直擊

- can't = can not，縮寫唸成 [kænt]，要重讀，強調否定。
- smoke 抽菸 v.，smoking 抽菸 n.。

---

⑦ He doesn't eat meat.

他不吃肉。

重點直擊

- doesn't = does not，縮寫唸成 [`dʌznt]，重音在前面。
- eat [it] 吃 v.、meat [mit] 肉 n.，"ea" 都發長母音 [i]，注意不要唸成短母音 [ɪ]。

You **aren't telling** the **truth**.

你沒有說實話。

重點直擊

- aren't 縮寫唸成 [arnt]，不可唸成 are not。
- tell the truth 說實話 ↔ tell a lie 說謊

  ex He knows that Jenny told a lie.　他知道珍妮說謊了。

致勝關鍵 KeyPoints

★ be 動詞 + not 的縮寫唸法

be 動詞 + not	縮寫唸法	中譯
am [æm] + not [nat]	ain't 唸成 [ent]	不是
are [ar] + not [nat]	aren't 唸成 [arnt]	不是
is [ɪz] + not [nat]	isn't 唸成 [`ɪznt]	不是
was [wɑz] + not [nat]	wasn't 唸成 [`wɑznt]	不是
were [wɚ] + not [nat]	weren't 唸成 [wɚnt]	不是

It **can't** be **true**.

這不會是真的。

重點直擊

- can't [kænt] 要重讀。
- true [tru] 真實的 adj.，"ue" 發長母音 [u]。

 She never gives up.

她從不放棄。

重點直擊

- never 從不;永不,表示否定,要重讀。注意字尾母音 [ɚ] 要唸捲舌音。
- give up 放棄。這裡為第三人稱單數動詞 gives up,兩個字要連在一起唸,讀做 [gɪv-zʌp]。

常考句型
3

祈使句

🎧 1-03.mp3

要領提示　祈使句以動詞原形當句首，因此句子第一個字的動詞就是要重讀的音。

發音提示　粗體套色字為重音，加底線者為連音。

• •

1

Open the **door**, **please**.

請開門。

重點直擊

· door [dor] 門 n.，字尾 [r] 要捲舌。

• •

2

Be nice to **others**.

要對他人友善。

重點直擊

· others [`ʌðɚz] 是 other [`ʌðɚ] 的複數，"th" 發有聲子音 [ð]，舌頭要伸出來。

• •

61

③ **Don't play** with the **dog**.

不要跟那隻狗玩。

重點直擊

· don't 要重讀，強調否定。

· with 的 "th" 發無聲子音 [θ]，定冠詞 the 的 "th" 發有聲子音 [ð]，舌頭都要伸出來。

④ **Never cheat** in **exams**.

不要在考試時作弊。

重點直擊

· never 不要；不可以，要重讀，強調否定。字尾 "er" [ɚ] 要捲舌。

· cheat [tʃit] 作弊 v.

ex Do you cheat in games?
你會在比賽時作弊嗎？

⑤ **Let's go** for a **walk**.

我們去散步吧！

重點直擊

· let's = let us，表示提議、建議，唸成 [lɛts]。

· go for a walk 散步；go for a ride = go for a drive 開車兜風

ex I want to go for a walk before dinner.
晚飯前我想先去散散步。

(ex) We will go for a ride on Saturday afternoon. =

We will go for a drive on Saturday afternoon.

我們星期六下午將要開車去兜兜風。

· for [fər]，這裡要輕讀。

---

6 **Please show** me the **picture**.

請給我看那張照片。

重點直擊

· picture [ˋpɪktʃɚ] 照片 n.，注意 "c" 發子音 [k]，要把這個音唸出來。

---

7 **Let** him **take** a **break**.

讓他休息一下。

重點直擊

· take a break 休息；小憩

(ex) It's time to take a break.

休息時間到了。

· take a 要連在一起唸，讀成 [te-kə]。

---

8 **Have** a **cup** of **tea**.

· have a 要連在一起唸，唸成 [hæ-və]。

· cup 是指「有把手的杯子」；a cup of「一杯」則是量詞。

63

ex a cup of coffee　一杯咖啡

ex a cup of milk　一杯牛奶

· cup of 為連音，讀成 [kʌ-pəv]。

9 **Don't go** near the **house**.

不要靠近那棟房子。

重點直擊

· don't 要重讀，強調不要進行下述的動作。

· go near 走近

　ex I really want to go near the nature on weekend.
　　我真想在週末假日接近大自然。

10 **Do be** a **good boy**.

一定要做個好孩子。

重點直擊

· do 這裡為加強語氣的用法，要重讀。

常考句型 *4*

疑問句

🎧1-04.mp3

要領提示　疑問句的重點是疑問語氣的表現,因此要注意句尾的語調要上揚或下降。

發音提示　粗體套色字為重音,加底線者為連音。

1 **Where** do you **live**?

你住在哪裡?

重點直擊

· wh-問句語尾是下降的語調。

· live [lɪv] 住 v.,注意 "i" 發短母音 [ɪ],發長母音則是 leave [liv] 離開 v.

2 **How** are you **today**?

你今天好嗎?

重點直擊

· 以 how 為疑問詞的問句,句尾是下降的語調。

致勝關鍵 KeyPoints

★英文中的常用問候句

問候句	中譯
How are you?	你好嗎？
How's everything?	一切還好嗎？
How's it going?	最近怎麼樣？
What's up?	有什麼新鮮事嗎？
What's new?	有什麼新鮮事嗎？

3 **May** I **come** in?

我可以進來嗎？

重點直擊

・是非問句（Yes / No question），也就是回答時要答「是」或「否」的問句，句尾的語調要上揚。

・come in 是連音，唸成 [`kʌ-mɪŋ]。

4 **What's** in the **box**?

這個盒子裡面是什麼東西？

重點直擊

・what's = what is，唸成 [hwats]。

(ex) What's going on? = What is going on? 怎麼了？

- what's in 為連音，唸成 [hwa-tsɪn]。

---

⑤ How do you **like** it?

你覺得如何？

重點直擊

- 這句是問人們對某事或某物的觀感所常用的表示法。
- like it 是連音，唸成 [laɪ-kɪt]。

---

⑥ Who is the **little girl**?

那個小女孩是誰？

重點直擊

- wh-問句的句尾是下降的語調。

---

⑦ What day is **today**?

今天是星期幾？

重點直擊

- wh- 問句的句尾是下降的語調。
- 這句是問「星期幾」的常用表示法。

67

致勝關鍵 KeyPoints

★英文中表示日期的常用問法

問句	中譯
What day is today?	今天是星期幾？
What is the date today?	今天是幾月幾日？
What month is it?	現在是幾月？
When is your birthday?	你生日是哪一天？

Where is the **post office**?

郵局在哪裡？

重點直擊

· wh- 問句的句尾是下降的語調。

· post office 郵局，兩個字連在一起唸成 [`pos-tɔfɪs]，注意重音在前面。

Who broke the **vase**?

誰打破了這個花瓶？

重點直擊

· wh-問句的句尾是下降的語調。

· broke [brok] 打破；弄斷 v.，break [brek] 的過去式。

Does she **speak Chinese**?

她會說中文嗎？

重點直擊

· 是非問句（Yes / No question）句尾的語調要上揚。

· Chinese 當名詞可以解釋為「中國人」、「中國話；中文」，
　這裡是「中文」的意思。

感嘆句

🎧 1-05.mp3

要領提示　感嘆句的句首多半是以 **what** 或 **how** 開頭，用在感嘆句裡的意思是「多麼～」，以重音表示驚嘆。唸的時候要注意情感的表現，句中的形容詞和被形容的名詞都會以重音呈現。

發音提示　粗體套色字為重音，加底線者為連音。

● ●

1 **What a beautiful day**!

多麼美好的一天啊！

重點直擊

· what a 是連音，唸成 [hwa-tə]。

· beautiful [`bjutəfəl] 美麗的 adj.，注意第一個 "u" 是發長母音 [ju]，要唸出來。

● ●

2 **What an** interesting **book**!

多麼有趣的一本書啊！

重點直擊

· what an 要連在一起唸，唸成 [hwa-tən]。

· book 的 "oo" 發短母音 [ʊ]。

● ●

3 **How funny** the **story** is!

這個故事多麼好笑啊！

重點直擊

- funny [`fʌnɪ] 好笑的；好玩的 adj.
  (ex) The joke sounds very funny.
  這個笑話聽起來很好笑。

4 **How fast time** goes by!

時光流逝地多麼快呀！

重點直擊

- fast [fæst] 快速地 adv.，修飾動詞 goes。
- fast 的字尾是 "t"，下個單字 time 的字首也是 "t"，因此只要發一個 [t] 的音。

5 **How big** an **apple** this is!

這是多麼大顆的蘋果呀！

重點直擊

- apple 蘋果，"a" 發 [æ] 的音，不要誤讀成 [e]。
- this is 是連音，唸成 [ðɪ-sɪz]。

 What a smart student she is!

她是個多麼聰明的學生啊！

重點直擊

· what a 是連音，唸成 [hwa-tə]。

 What lovely puppies they are!

多麼可愛的小狗啊！

重點直擊

· lovely [ˋlʌvlɪ] 可愛的 adj.

　(ex) She looks lovely in pink.
　　　她穿粉色的衣服看起來很可愛。

· puppies [ˋpʌpɪz] 小狗；幼犬（puppy 的複數）

 How cool the **water** is!

多麼清涼的水啊！

重點直擊

· cool [kul] 清涼的 adj.，注意字尾 "l" 舌尖要頂在上牙齦後面，
　將 [l] 的音唸清楚。

What a cold winter this is!

這個冬天多麼冷呀！

重點直擊

· what a 是連音，唸成 [hwa-tə]。

· this is 是連音，唸成 [ðɪ-sɪz]。

⋯⋯⋯⋯⋯⋯⋯⋯⋯⋯⋯⋯⋯⋯⋯⋯⋯⋯

 How hard they worked!

他們多麼努力工作啊！

重點直擊

· hard adv.，這裡解釋成「努力地；認真地」。

ex He tried hard, but failed.

他努力嘗試，但是失敗了。

· worked 的字尾 "ed" 發 [t]，唸成 [wɝkt]。

⋯⋯⋯⋯⋯⋯⋯⋯⋯⋯⋯⋯⋯⋯⋯⋯⋯⋯

常考句型
6

倒裝句

🎧 1-06.mp3

要領提示　倒裝句是指把動詞、形容詞、地方副詞等想要強調的事物移到主詞前面，因此重音就會落在這些強調的地方。

發音提示　粗體套色字為重音，加底線者為連音。

● ●

1

Here comes the **bus**.

公車來了。

重點直擊

· Here come(s) + n.，意思是「～朝這邊過來了」。

ⓔⓧ Here comes the bride.　新娘子來了。

ⓔⓧ Here come the horses.　馬兒來了。

· comes 的字尾 "s" 發的是有聲子音 [z]。

● ●

2

There sits my **mother**.

我媽媽就坐在那邊。

重點直擊

· there 和 mother 的 "th" 都發有聲子音 [ð]，發音時舌頭要伸出來。

● ●

3 She is **sad**, and **so** am I.

她很難過，我也是。

重點直擊

- 本句中的 so am I = I am sad, too
- and 要輕讀，唸成 [ənd]。

• •

4 I **sing well**; **so** does my **sister**.

我很會唱歌，我姊姊也是。

重點直擊

- 句子中的 so does my sister = my sister sings well, too

• •

5 He **didn't sleep**; **neither** did I.

他沒有睡覺，我也是。

重點直擊

- didn't 要重讀，強調否定。
- neither 兩種發音 [`niðɚ] 或 [`naɪðɚ] 皆可。句子裡的 neither did I = I didn't sleep either。
- did I 要發連音，唸成 [dɪ-daɪ]。

• •

6 **Little** do I **know** about it.

我對這件事了解不多。

重點直擊

· little 是副詞，修飾動詞 know，表示知道的「很少」。

· about it 是連音，唸成 [əˋbaʊ-tɪt]。

7

By no **means** can he **make** it.

他絕對不會成功。

重點直擊

· by no means 絕不

(ex) She is by no means a Japanese teacher.
她絕不是個日文老師。

· make it 成功；做或完成某事

(ex) Trust me, you can make it.
相信我，你會成功的。

· make it 是連音，唸成 [me-kɪt]。

8

Hardly ever does he **drink**.

他幾乎不喝酒。

重點直擊

· hardly [ˋhɑrdlɪ] 幾乎不～ adv.

(ex) Grandma was so weak that she could hardly stand.
奶奶虛弱到幾乎無法站立。

· drink [drɪŋk] 喝酒 v.

(ex) Jack shouldn't drive after drinking.
傑克不應該酒後駕車。

 Under the **tree slept** the **cat**.

這隻貓睡在樹底下。

重點直擊

· slept [slɛpt] 睡覺（sleep 的過去式） v.，字尾的子音串 [pt] 兩個
  子音都要唸出來，這句的時態才會清楚表達出來。
· cat [kæt] 母音 [æ] 不要誤唸成 [ɛ] 或 [e]。

 Away went the **typhoon**.

颱風離開了。

重點直擊

· typhoon [taɪˋfun] 颱風 n. = hurricane [ˋhɝɪ͵ken] 颶風，暴風雨 n.

PART **1**

常考句型
7

附加問句

🎧 1-07.mp3

要領提示　附加問句是要強調前面直述句的內容，句尾的語調記得要上揚。
發音提示　粗體套色字為重音，加底線者為連音。

1　You **like** it, **don't** you?

你喜歡這個，不是嗎？

重點直擊

· 句尾的語調上揚。

· don't you 連在一起唸，唸成 [dontʃu]。

2　I'm **correct**, am I **not**?

我是對的，不是嗎？

重點直擊

· 句尾的語調上揚。

· I'm 注意尾音雙唇要閉起來。

· correct [kəˋrɛkt] 正確的 adj.，注意 "c" 的 [k] 要發音。

78

He **isn't hardworking**, is he?

他不努力，對吧？

重點直擊

・hardworking [hard`wɜˋkɪŋ] 勤勉的；努力的 adj.，注意重音在後面的音節。

 She **didn't come back**, did she?

她沒回來，是嗎？

重點直擊

・come back 回來，是固定用法。
　ex Jane came back two hours later.
　　珍兩小時後就回來了。

 We are **lost, aren't** we?

我們迷路了，是嗎？

重點直擊

・lost [lɔst] 迷路的 adj.
・aren't 縮寫要唸成 [arnt]，不可唸成 are not。

PART 1

❻ **Pass** me the **salt**, would <u>you</u>?

請把鹽遞給我，可以嗎？

重點直擊

- pass ＋ 人 ＋ 物 ＝ pass ＋ 物 ＋ to ＋ 人，意思是「把某物遞給某人」。

  (ex) Please pass me the pepper. ＝
  Please pass the pepper to me.
  請把胡椒粉遞給我。

- salt [sɔlt] 鹽巴 n.，a 發 [ɔ] 的音。

- would you 發音時要連在一起，唸成 [wʊdʒu]。

致勝關鍵 KeyPoints

★餐桌上各種調味料的英文

英文	中譯	英文	中譯
salt	鹽	soy sauce	醬油
sugar	糖	ketchup	蕃茄醬
pepper	胡椒（粉）	cheese	乳酪，起司
chili	辣椒	steak sauce	牛排醬
vinegar	醋	barbeque sauce	烤肉醬
mustard	芥茉	seasoning	調味

7 We **can't park here**, can we?

我們不能在這邊停車，對嗎？

重點直擊

· park [park] 停車 v.

- -

8 They will **show** up, **won't** they?

他們會出現的，對嗎？

重點直擊

· show up 出席；揭露

(ex) Mark won't show up at his office tomorrow.

馬克明天不會出現在辦公室裡。

· won't = will not 唸成 [won(t)]。

- -

9 It's **nine already, isn't** it?

現在已經九點了，不是嗎？

重點直擊

· nine 在這裡指的是 nine o'clock 九點鐘。

· isn't it 發音要連在一起，唸成 [ˋɪzn-tɪt]。

- -

PART 1

致勝關鍵 KeyPoints

★表示時間的英文

時間	英文	中譯
9:00	nine o'clock	九點鐘
9:05	nine-o-five	九點零五分
9:10	nine ten	九點十分
9:15	nine fifteen	九點十五分
9:30	nine thirty	九點半

⑩ The **skirt doesn't fit**, does it?

這件裙子不合身，是嗎？

重點直擊

· skirt 注意 "ir" 發 [ɝ] 要捲舌。

· fit [fɪt]（衣服）合身 v.

· does it 發音要連在一起，唸成 [dʌzɪt]。

常考句型 8

建議語氣

🎧 1-08.mp3

要領提示　建議語氣的重音會落在表現建議的事項或內容上。
發音提示　粗體套色字為重音，加底線者為連音。

● ●

1 You'd **better study hard**.

你最好用功一點。

重點直擊

· you'd better = you had better，意思是「你最好～」。you'd 要
　輕讀成 [jud]，字尾 [d] 不需唸得太用力，輕輕帶過即可。

● ●

2 Let's **meet** at **six**.

我們約在六點鐘見面吧！

重點直擊

· meet [mit] 見面；碰面 v.，注意 "ee" 發長母音 [i]。
· meet at 發音要連在一起，唸成 [mi-tæt]。

● ●

③ Why not see a doctor?

為什麼不去看醫生呢？

重點直擊

- doctor [`dɑktɚ] 醫生 n.，注意字尾 "or" 發 [ɚ] 的音，並且要捲舌。
- see a doctor 看醫生；就診

  ⓔⓧ You need to see a doctor.　你需要去看醫生。

④ Why don't you have a seat?

你何不坐下來呢？

重點直擊

- have a seat 坐下來

  ⓔⓧ Have a seat, stay a while!　坐一會兒吧！
- don't you 要連在一起，唸成 [dontʃu]。
- have a 發音要連在一起，唸成 [hæ-və]。

⑤ Shall I take it for you?

要我幫你拿嗎？

重點直擊

- shall [ʃæl] ～好嗎；要不要～（過去式是 should）aux.

  ⓔⓧ Shall we dance?　我們一起跳個舞好嗎？
- take it 要連在一起唸成 [te-kɪt]。
- for 要輕讀成 [fɚ]。

How about **some sugar**?

要不要加點糖？

重點直擊

· How about + n.，意思是「～如何？」。

· sugar [ˋʃʊgɚ] 糖 n.

 Let's **skip** it.

我們把它跳過吧！

重點直擊

· skip [skɪp] 跳過；略過 v.

· skip it 要連在一起，並唸成 [skɪ-pɪt]。

 How about **having** some **soup**?

要不要喝點湯？

重點直擊

· How about + Ving，意思是「做～如何？」

　ex How about having dessert after dinner?
　　吃完晚飯後要不要來個甜點呢？

　ex How about taking a walk home?
　　散步回家好嗎？

· soup [sup] 湯 n.，注意 "ou" 是發長母音 [u]。

9 We **had better go home now**.

我們最好現在就回家。

- had better 最好～
- go home 回家，注意 home 的尾音 [m]，雙唇要閉起來。

10 **Shall** we **go inside**?

我們進去好嗎？

重點直擊

- go inside 到裡面 ↔ go outside 到外面

  (ex) You can go outside and play.

  你可以到外面去玩。

假設語氣

🎧 1-09.mp3

要領提示　假設語氣是用來表示條件或與事實相反的狀態，重音應落在條件
　　　　　或假設的結果上。

發音提示　粗體套色字為重音，加底線者為連音。

• •

1　If it **rains**, we **won't go**.

如果下雨，我們就不去了。

重點直擊

・if it 要連在一起，唸成 [ɪ-fɪt]。

・rains 的字尾 "s" 是發有聲子音 [z]。

• •

2　If he **comes**, **let** me **know**.

如果他來了，讓我知道。

重點直擊

・comes 的字尾 "s" 是發有聲子音 [z]。

• •

3 If the **story** is **true**, it'll be **great**.

如果這個故事是真的就太好了。

重點直擊

· it'll = it will，縮寫的唸法是 [`ɪtl̩]。

致勝關鍵 KeyPoints

★人稱代名詞 + will 的縮寫唸法

人稱代名詞 + will	縮寫唸法	中譯
I [aɪ] + will [wɪl]	I'll 唸成 [aɪl]	我將會
we [wi] + will [wɪl]	we'll 唸成 [wil]	我們將會
you [ju] + will [wɪl]	you'll 唸成 [jul]	你將會
he [hi] + will [wɪl]	he'll 唸成 [hil]	他將會
she [ʃi] + will [wɪl]	she'll 唸成 [ʃil]	她將會
it [ɪt] + will [wɪl]	it'll 唸成 [`ɪtl̩]	它將會
they [ðe] + will [wɪl]	they'll 唸成 [ðel]	他們將會

4 She could **succeed** if she would.

只要她想的話，她就會成功。

重點直擊

· succeed [sək`sid] 成功 v.， "cc" 只發一個音 [k]， "ee" 發長母音 [i]。

⑤ **What** should <u>I</u> **do** if I **fail**?

如果我失敗了，應該怎麼辦？

重點直擊

- should I 的發音要連在一起，唸成 [ʃʊdaɪ]。
- if I 的發音要連在一起，唸成 [ɪfaɪ]。

⑥ I'd **go** if <u>I</u> were you.

如果我是你的話，我就會去。

重點直擊

- I'd = I would，縮寫讀成 [aɪd]，字尾 [d] 不需唸得太用力，輕輕帶過即可。
- if I 發音要連在一起，唸成 [ɪfaɪ]。

⑦ If we **had money**, we could **buy** the **car**.

如果我們有錢，就能買那輛車子。

重點直擊

- If + 主詞 + 過去分詞, 主詞 + could + v.，表示「表示與現在事實相反的假設語氣」，也就是指「現在沒有錢，所以不能買車子」。

    ⓔⓧ If I were you, I could not lie even once.
    如果我是你的話，我連一次謊話都不會說。

8 I **wish** I **had studied harder**.

要是我再用功一點就好了。

重點直擊

- wish + 主詞 + had + 過去分詞，表示「表示與過去事實相反的假設法」，指「之前沒有用功」。

  ex John wished he had kept quiet.

  約翰（覺得自己）要是保持沉默就好了。

- studied 是 study 的過去分詞，唸成 [`stʌdɪd]。

9 She **talks** as if she were a **teacher**.

她說話像個老師一樣。

重點直擊

- as if 好像，似乎

  ex The wife treated her husband as if he were a stranger.

  這位太太對待她的丈夫就像陌生人一樣。

- as if 發音要連在一起，唸成 [æzɪf]。

10 A **gentleman wouldn't do** so.

紳士並就不會這麼做。

重點直擊

- gentleman [`dʒɛntl̩mən] 紳士 n.，複數則是 gentlemen [`dʒɛntl̩mɛn]。

常考句型
10

副詞子句

🎧 1-10.mp3

要領提示 副詞子句是用來表示「時間、原因、目的、條件、讓步」等等，
重音會放在這些時間、原因、目的、條件、讓步等相關詞彙上。
發音提示 粗體套色字為重音，加底線者為連音。

1 ## We **haven't met since** then.

我們自從那時候就沒見過面了。

重點直擊

· since 自從 prep.，也可以當連接詞（conj.），連接表示時間的
「副詞子句」。

致勝關鍵 KeyPoints

★引導「表示時間」副詞子句的常用詞彙

英文	中譯	例句
when	當～時	She slept when I came. 當我來的時候，她在睡覺。
since	自從	It's been ten years since they married. 他們結婚至今有十年了。

91

英文	中譯	例句
as soon as	一～就～	I replied the letter as soon as I got it. 我一收到這封信就回覆了。
before	在～之前	He had lunch before he went home. 他在回家前就吃過午餐了。
after	在～之後	I will tell him after you go. 我會在你走之後告訴他。

---

2   He **won't help unless** we **pay**.

他不會幫忙，除非我們付錢。

重點直擊

‧ unless 除非 conj.，後面加上表示條件的副詞子句。

致勝關鍵 KeyPoints

★引導「表示條件」副詞子句的常用詞彙

英文	中譯	例句
if	如果	Wendy will come if you invite her. 如果你邀請溫蒂，她就會來。
unless	除非	I won't apologize unless he apologizes first. 我不會道歉，除非他先道歉。
on condition that	只要	He will pay on condition that he gets the bill. 他只要收到帳單，就會付錢了。

3 **She cried because he hit her.**

她哭了，因為他打她。

重點直擊

· because 後面加上表示「原因」的副詞子句。

· hit [hɪt] 打 v.，現在式、過去式、過去分詞三態都是 hit。

致勝關鍵KeyPoints

★引領「表示原因」副詞子句的常用詞彙

英文	中譯	例句
because	因為	Rose was absent because she was ill. 蘿絲因為生病而缺席。
as	因為	They don't like the designer as he is impolite. 他們不喜歡這個設計師，因為他很沒禮貌。
since	因為； 既然	Someone must have taken the book since it isn't here.　一定有人把書拿走了，因為它不在這裡（既然書不在這裡，就一定是有人把書拿走了）。

4 **He exercises that he may keep fit.**

為了要保持身材，他做運動。

重點直擊

· that ~ may 意思是「為了；以便」，表示「目的」的副詞子句。

(ex) She studied hard that she may get A in class.

為了在課堂上得到 A 的成績，她很努力用功。

· keep + adj.，意思是「保持在～狀態」。

(ex) keep healthy　保持健康

(ex) keep fresh　保持新鮮

(ex) keep young　保持年輕

· fit [fɪt] 健康的；強健的 adj.

⑤　She is **so nice** that everyone **likes** her.

她人很好，所以大家都很喜歡她。

重點直擊

· 表示「結果」的副詞子句，so ～ that ～「如此～以致於～」。

⑥　I **don't care even** if I **fail** the **exam**.

即使考不及格，我也不在乎。

重點直擊

· even if = even though 意思是「即使」，表示「讓步」的副詞
子句。

(ex) Father will work on time even if it rains. =
Father will work on time even though it rains.
即使下雨，爸爸也會準時上班。

· 定冠詞 the 後面如果接的是母音，要唸 [ðɪ]。

(ex) the apple

ⓔⓧ the editor

ⓔⓧ the other

---

7 He is **not** as **tall** as she is.

他沒有比她來得高。

重點直擊

· as ~ as 意思是「像～一樣」，表示「比較」的副詞子句。

ⓔⓧ as good as　像～一樣好。

ⓔⓧ as thin as　像～一樣瘦。

ⓔⓧ as big as　像～一樣大。

---

8 He is **such** a **mean boss** that I **hate** him.

他是個很小氣的老闆，所以我討厭他。

重點直擊

· 表示「結果」的副詞子句，such ~ that 與 so ~ that 的意思都是
「如此～以致於～」，但要注意表達方法稍有不同。

ⓔⓧ Mary is so angry that nobody wants to tell her the truth. =
Mary is such an angry woman that nobody wants to tell her
the truth.
瑪麗非常生氣，以致於沒人敢告訴她實情。

· such a 的發音要連在一起，唸成 [sʌtʃə]。

⑨ **Though rich** she is, she is **not happy**.

雖然她很富有，她並不快樂。

重點直擊

- 表示「讓步」的副詞子句，連接詞 though「雖然」= although。

  (ex) Although Tom felt hungry, he didn't want to eat. = Though Tom felt hungry, he didn't want to eat.

  雖然湯姆覺得餓，他卻不想吃東西。

- though 的 "th" 是發有聲子音 [ð]，發音時舌頭要伸出來。

- -

⑩ **Now** that we **lost**, we should **practice more**.

既然我們輸了，我們應該再多加練習。

重點直擊

- now that = since 意思是「既然」，表示「原因」的副詞子句。

  (ex) Since it is so hot, let's go swimming. = Now that it is so hot, let's go swimming.

  既然天氣這麼熱，我們去游泳吧！

- lost [lɔst] 輸（lose 的過去式）v.

- -

there 的句型

🎧 1-11.mp3

要領提示 there 的句型是指 there + be 動詞～，是日常對話在描述狀態時的常見句型。重音會放在 be 動詞後所描述的事物或狀態。句尾的語調通常要下降。

發音提示 粗體套色字為重音，加底線者為連音。

● ●

1 **There** is a **man** in the **garden**.

花園裡有一個男人。

重點直擊

· is a 要連在一起，唸成 [ɪzə]。

● ●

2 **There** are **five people** in my **family**.

我家有五個人。

重點直擊

· five [faɪv] 的字尾子音 [v] 要用上排牙齒輕咬下嘴唇，輕輕吹氣，不可誤唸成 [f]。

● ●

③ **There** was a **duck swimming** in the **pond**.

有隻鴨子在池塘中游水。

重點直擊

- There + be 動詞 + n. + Ving，表示主動。

  (ex) There are boys running on the playground.
  操場上有幾個男孩在跑步。

- was a 要連在一起，唸成 [wazə]。

④ **There** were **two people killed** yesterday.

昨天有兩個人被殺了。

重點直擊

- There + be 動詞 + n. + 過去分詞，表示被動。

  (ex) There were many old people cheated by swindlers.
  有很多老人被詐騙集團欺騙。

- killed 的字尾 "ed" 要發有聲子音 [d]。

⑤ **There** is **no** one **home**.

沒有人在家。

重點直擊

- home 在這裡當副詞，be 動詞 + home，意思是「在家」。

  (ex) I was home when he came to visit.
  他來拜訪時，我在家裡。

There will be a **snowstorm tomorrow**.

明天將有一場暴風雪。

重點直擊

• snowstorm [`sno͵stɔrm] 暴風雪 n.

致勝關鍵 KeyPoints

★常用氣象名詞的英文

英文	中譯	英文	中譯
fog	霧	frost	霜
hail	冰雹	pour	傾盆大雨
cloudy	多雲的	thunderstorm	大雷雨
storm	暴風雨	windstorm	暴風
drizzle	毛毛雨	tornado	龍捲風
sandstorm	沙塵暴	ultraviolet(UV) rays	紫外線

 I **hope there** to be a **great trip**.

我期待會有一趟很棒的旅程。

重點直擊

• 主詞 + hope + there to be + n.，意思是「期待～」。

 Tiffany hopes there to be a big diamond.
蒂芬妮期待會有一顆大鑽石。

There is **no way knowing what** we might **see**.

我們無法知道會看到什麼。

重點直擊

- There is no knowing + 子句，意思是「無法得知～」。

    (ex) There is no knowing what may happen to them.
    他們無法得知可能會發生什麼事。

There is **no way getting** any **information**.

沒有辦法取得任何消息。

重點直擊

- There is no way ～ ，意思是「沒有辦法；不可能」。

    (ex) There is no way to escape death.
    沒有辦法能避免死亡。

There won't be a **party tonight**.

今晚不會舉辦派對。

重點直擊

- party [`pɑrtɪ] 派對 n.，注意 "r" 要捲舌，不要誤讀為 [`pɑtɪ]。

it 的句型

🎧1-12.mp3

要領提示　it 的句型常以 it + be 動詞～的型態出現，it 在這種句型裡是虛主詞，用來強調後面所指的情況或事實。重音通常會放在 be 動詞後的單字上。

發音提示　粗體套色字為重音，加底線者為連音。

● ●

1　It is **important** to **keep** the **law**.

守法是很重要的。

重點直擊

・ keep the law 守法

ⓔⓧ How well do you keep the law?　你有多守法呢？

・ important 的字尾和下一個單字 to 的字首同為 "t" ，所以只要發一個 [t] 的音就可以了。

● ●

2　It is **very kind** of you to **help**.

你人真好，願意來幫忙。

重點直擊

・ kind of 要連在一起，唸成 [kaɪn-dəv]。注意 of 的字尾 "f" 是發有聲子音 [v]，不要唸成 [f]。

● ●　　　101

3 It is my **dream** to **see** the **world**.

去看看這世界是我的夢想。

重點直擊

- world [wɜld] 世界 n.，注意中間 "l" 要發音，不然會變成另一個單字 word [wɜd]。

4 It was **rude** that you **said** so.

你這樣說很無禮。

重點直擊

- It is / was + adj. + that + 人 + v.，意思是「某人做某事是～的」。

  ⓔx It is good that you win the prize.
  你得獎真是太好了！

- rude [rud] 無禮的；粗魯的 adj.

5 It was **wrong** for him to **do** that.

他那麼做是錯的。

重點直擊

- It is / was + adj. + for + 人 + to + v.，意思是「某人做某事是～的」。

  ⓔx It is terrible for him to eat so much.
  他吃這麼多真是太可怕了！

- for 要輕讀成 [fər]。

It **seems** that you are **right**.

你似乎是對的。

重點直擊

- It seems that + 子句,意思是「似乎~」。
  (ex) It seems that she didn't catch the bus.
       她好像沒有趕上那班公車。
- seems 的字尾 "s" 要發有聲子音 [z]。

 It is **likely** that they **win** the **game**.

他們可能會贏得比賽。

重點直擊

- It is / was likely that + 子句,意思是「可能~」。
  (ex) It was likely that Jason got a serious cold.
       傑森可能得了重感冒。
- it is 發成連音,要唸成 [ɪ-tɪz]。

 It is **pleasant walking** by the **lake**.

在湖邊散步很愉快。

重點直擊

- it is 發成連音,要唸成 [ɪ-tɪz]。
- pleasant [ˋplɛzənt] 令人愉快的 adj.
- walk [wɔkɪŋ] 走;散步 v.

103

It **rains** a **lot** in **Taiwan**.

台灣很常下雨。

重點直擊

- 這裡的 it 是表示「天氣」。

  (ex) It is hot today.　今天天氣很熱。

- rains a 發成連音，要唸成 [renzə]。

 It is **ten past four**.

現在是四點十分。

重點直擊

- it is 是連音，要唸成 [ɪ-tɪz]。
- 這裡的 it 是表示「時間」。
- past 經過，ten past four = ten minutes past four o'clock 是指「四點十分」。

致勝關鍵 KeyPoints

★ 4:10 的英文表達有下列幾種：

ten past four

four ten

ten after four

時態 I：現在式／進行式 🎧1-13.mp3

要領提示　「現在式」就是「現在簡單式」，用在描述目前的動作、狀態或永恆不變的事實等等。「進行式」則是強調正在進行中的動作、狀態。這些句子的重音通常都會放在句中的動詞上。

發音提示　粗體套色字為重音，加底線者為連音。

1 I **go** to **work** by **bus**.

我搭公車去上班。

重點直擊

・work [wɝk] 工作 v.，注意 "or" 發 [ɝ] 的音，唸的時候要捲舌。

・go to work 上班

2 She **stays** up all the time.

她總是很晚睡。

重點直擊

・stay up 熬夜；晚睡

　ex Alice drinks a lot of coffee to stay up.

　　愛麗絲為了熬夜喝了很多咖啡。

105

- all the time 一直
  - (ex) David works after breakfast all the time.
    大衛一向吃過早餐才開始工作。
- stays up 要連在一起，唸成 [stezʌp]。

---

3 He **looks very tired**.

他看起來很累。

重點直擊

- look + adj.，意思是「看起來很～」。
  - (ex) These food look delicious.
    這些食物看來很美味。

---

4 My **mother** is at home **right now**.

我媽媽現在在家裡。

重點直擊

- is at 發成連音，要唸成 [ɪzæt]。
- right now 就在此刻
  - (ex) You can start to check right now.
    你現在可以開始檢查了。

The **earth** goes **around** the **sun**.

地球繞著太陽轉。

重點直擊

- the earth，定冠詞 the 唸 [ðɪ]，earth 的 "th" 唸 [θ]，舌頭都要伸出來。
- around 在這裡當介系詞，是「環繞，圍繞」的意思。
  - ex All people sat around the table.
    所有人圍繞著桌子坐下。

 She is **cooking dinner** for us.

她正在為我們煮晚餐。

重點直擊

- cook dinner 煮晚餐，dinner = supper 晚餐
- for 這裡要輕讀，唸成 [fər]。

 We're **having fun** at the **party**.

我們在這場派對玩得正開心。

重點直擊

- we're = we are，縮寫唸成 [wɪr]。
- have fun 玩得開心
  - ex Children have fun learning to read.
    孩子們學習閱讀很開心。
- fun at 發成連音，要唸成 [fʌnət]。

I'm **doing fine** at **school**.

我在學校表現得還不錯。

重點直擊

· I'm = I am，縮寫唸成 [aɪm]，注意字尾 "m" 唸的時候雙唇要閉起來。

· fine at 發成連音，要唸成 [faɪnət]。

 He's **listening** to **music**.

他正在聽音樂。

重點直擊

· he's = he is，縮寫要唸成 [hiz]。

 The birds are **singing** in a tree.

小鳥兒正在樹上唱歌。

重點直擊

· in a 發成連音，要唸成 [ɪnə]。

· in a tree 在樹上

時態 II：過去式／完成式／未來式

🎧 1-14.mp3

要領提示 「過去式」是用來敘述過去某段時間所發生的動作、狀態。「完成式」是敘述從過去到現在還繼續持續的動作、狀態或在表示經驗時要使用的。而「未來式」則是未來將會發生、或持續的動作、狀態。時態是表現在動詞上，所以重音也會落在動詞上。

發音提示 粗體套色字為重音，加底線者為連音。

⸺

① We **went shopping** in the **supermarket**.

我們去了超級市場購物。

重點直擊

- go shopping 購物；逛街
- supermarket [`supɚˌmɑrkɪt] 超級市場 n.，注意重音放在前面。

⸺

② **May worked late** last night.

梅昨晚工作到很晚。

重點直擊

- worked 注意過去式的字尾 "ed" 要發 [t] 的音。

3 **I studied hard** before the **exam**.

我在考試前很認真唸書。

重點直擊

- studied [`stʌdɪd] 學習（study 的過去式） v.
- the exam 因為 exam 的字首是母音，所以定冠詞 the 要唸成 [ðɪ]。

4 She **has been** in **Taiwan** for **three years**.

她已經來台灣三年了。

重點直擊

- have / has + 過去分詞 + for + 時間，意思是「某事件／動作持續的時間」。

  ⓔⓧ I have studied English for a long time.　我學英文很久了。
- have / has + been + prep. + 地方，意思是「在某地方待了一段時間」。

  ⓔⓧ Tim has been on the beach.　提姆待在沙灘上。

  ⓔⓧ She has been here for a week.　她已經到這裡一個禮拜了。

5 I **have finished** my **breakfast**.

我剛吃完我的早餐。

重點直擊

- have / has + 過去分詞，意思是「剛完成某個動作」。

  ⓔⓧ Steven has already gone.　史帝芬剛剛已經走了。
- finish [`fɪnɪʃ] 用完；吃完 v.

They **haven't seen such** a **beautiful thing**.

他們從未看過如此美麗的事物。

重點直擊

- haven't = have not，注意否定詞要重讀。
- such a 發成連音，要唸成 [sʌtʃə]。

致勝關鍵 KeyPoints

★完成式助動詞 + not 的縮寫語音唸法

完成式助動詞 + not	縮寫唸法	中譯
have [hæv] + not [nat]	haven't 唸成 [ˋhævn̩t]	沒有
has [hæz] + not [nat]	hasn't 唸成 [ˋhæzn̩t]	沒有
had [hæd] + not [nat]	hadn't 唸成 [ˋhædn̩t]	沒有

 He **has lost** his **bike**.

他的腳踏車不見了。

重點直擊

- lost [lɔst] 失去；遺失（lose 的過去式和過去分詞）v.
- bike = bicycle 是「腳踏車」的簡短說法。

The **guests** will be **here soon**.

客人就快來了。

重點直擊

- guest [gɛst] 賓客 n.，複數 guests 的字尾 "ts" 要唸成 [tz]。
- soon [sun] 很快地 adv.，注意 "oo" 要發長母音 [u]。

 I'll **ha__ve a sandwich** and **juice**.

我要吃三明治和果汁。

重點直擊

- have 的字尾和 a 要發連音，唸成 [hævə]。
- sandwich [`sændwɪtʃ] 三明治 n.，注意重音在第一音節。
- sandwich 的字尾 "ch" 與下一個單字 and 的字首 "an" 要連在
  一起，唸成 [tʃən]。

 The **baby** will be **crying if** you **wake** her up.

如果你把寶寶吵醒，她可能會哭喔！

重點直擊

- wake + 人 + up，意思是「把某人吵醒；把某人叫醒」。
  (ex) Please wake me up at six thirty tomorrow morning.
  請在明天早上六點半叫我起床。

常考句型
15

連接詞Ⅰ：對等連接詞

🎧1-15.mp3

要領提示　對等連接詞所連接的名詞、動詞或句子具有同等的性質，重音通常放在連接詞前後的名詞或動詞上。

發音提示　粗體套色字為重音，加底線者為連音。

致勝關鍵 KeyPoints

★常用的對等連接詞

單一連接詞	and「和」；but「但是」；or「或」；so「也是」；yet「然而；卻」；nor「也不」；either「或者」；neither「兩者都不」
連接詞片語	as well as「和」；not only ~ but also ~「不但~而且~」；both ~ and ~「既~又~」；either ~ or ~「不是~就是~」；neither ~ nor ~「既不~也不~」

- -

1

I **ate** a **pear** and an **orange**.

我吃了一顆梨子和一顆柳丁。

重點直擊

- ate [et] 吃（eat 的過去式）v.，要與下一個單字 a 連在一起，要唸成 [etə]。

· 連接詞 and 與冠詞 an 要連在一起，唸成 [ændə]。

---

2 The **backpack** is **not his**, but **mine**.

那個背包不是他的，而是我的。

重點直擊

· but [bʌt] 但是；而是 conj.

⒠ I tried, but I failed.　我努力過，但是失敗了。

---

3 **Vegetables** are **both healthy** and **delicious**.

蔬菜不僅有益健康，又很美味。

重點直擊

· both ~ and ~，意思是「既～又～」，是對等連接詞片語。

⒠ Both Sue and I love music.　我和蘇都喜歡音樂。

· healthy [`hɛlθɪ] 有益健康的 adj.

⒠ healthy food　有益健康的食物；健康食品

⒠ healthy exercise　有益健康的運動；健康活動

---

4 The **new teacher** is **not only** nice but **also cool**.

這位新老師不但人很好，而且又很酷。

重點直擊

· not only ~ but also ~，意思是「不但～而且～」，是對等連接
　詞片語。

(ex) Steve studies not only English bus also Japanese.
史提夫不只學英文，還學日文。

⑤ **Give** me the **ticket as well as** your **ID**.

把票和你的身份證給我。

重點直擊

· as well as ，意思是「和；也」，是對等連接詞片語。
  (ex) He fed the dogs as well as cats.　他餵了狗和貓。

❻ **Which one** do you **want, soda** or **tea**?

你想要哪一樣，汽水還是茶？

重點直擊

· 疑問詞 which 問「哪一個」，後面會接 A or B，表示提供可選擇的事物。
· soda [`sodə] 蘇打水；汽水 n.

❼ **Neither** he **nor** she **tells** the **truth**.

他和她都沒有說實話。

重點直擊

· neither ~ nor ~，意思是「兩者都不～」，是對等連接詞片語。

115

(ex) We go to work neither on Saturday nor Sunday.
我們在星期六和星期天都不用上班。

⑧ She is <u>a</u> **teacher**, **so** is her **husband**.

她是老師,而她先生也是。

重點直擊

- so + be 動詞／助動詞 + 主詞,意思是「～也是」。
  (ex) Peter ate much in lunch, so does Jennifer.
  彼得午餐吃了很多,而珍妮佛也是。

⑨ Some **like spicy food**, while others **don't**.

有些人喜歡吃辣的食物,然而有些人不喜歡。

重點直擊

- spicy [`spaɪsɪ] 辛辣的 adj.
  (ex) spicy food 辛辣的食物
- while [hwaɪl] 然而(表示相反)conj.

⑩ He is **smart**, **yet** he isn't **hardworking**.

他很聰明,卻不努力。

重點直擊

- yet = but,表示「對照」的意思,但程度比 but 更強烈。

連接詞 II：從屬連接詞

 1-16.mp3

要領提示 「從屬連接詞」是引導兩個句子中的次要句子。其功用為表示時間、因果和條件等等。連接詞前後的動詞、名詞或形容詞都可能會以重音來表達。

發音提示 粗體套色字為重音，加底線者為連音。

致勝關鍵 KeyPoints

★常用的從屬連接詞

表示時間	when「當」；while「當」；until「直到」；before「之前」；after「之後」；since「自從」
表示因果	because「因為」；as「因為」；since「因為」
表示條件	if「如果」；unless「除非」
其他	whether「是否」；although「雖然」；that

1 You **may eat whatever** you **like**.

你想吃什麼都行。

重點直擊

· whatever [hwɑt`ɛvɚ] 任何～的事物 pron. → whatever you like
任何你喜歡的東西

117

(ex) You have to do whatever is best for you.
你得做對你最有利的事。

● ●

2 **Can** you **tell** me **where** the **bus stop** is?

你可以告訴我公車站在哪裡嗎？

〔重點直擊〕

· where 是表示地點的從屬連接詞。

· bus stop 公車站，要連在一起讀，只發一個 "s" 的音。

● ●

3 I **believe** that **everything** will be **fine**.

我相信一切都會沒事的。

〔重點直擊〕

· 主詞 + believe + that + 子句，意思是「某人相信某事」。

(ex) He can't believe that you will lend him money.
他無法相信你會借他錢。

· fine [faɪn] 極好的 adj.

● ●

4

I **don't know** whether it's a **monkey** or **not**.

我不知道那是不是一隻猴子。

重點直擊

・whether ~ or not ，意思是「是否～」。

(ex) I'll ask him whether he can come or not.
我會問問他是不是能來。

 5

She is my **sister** who **loves** to **sing**.

她是我那愛唱歌的妹妹。

重點直擊

・love to + 原形動詞 = love + Ving，意思是「喜愛做某事」。

(ex) My younger brother loves to read. =
My younger brother loves reading.
我弟弟很喜歡看書。

 6

Tell me the **reason why** you're **late**.

告訴我你遲到的原因。

重點直擊

・the reason why + 子句，意思是「～的原因」。

(ex) I don't know the reason why they broke up.
我不知道他們分手的原因。

・why 是表示理由的關係副詞。

Mom walk<u>ed</u> in when I was **watching TV**.

我在看電視的時候，媽媽走了進來。

重點直擊

- walk in 走進來 ↔ walk out 走出去
  (ex) Make sure you take your things before you walk out the room.
  在你走出房間前，要確認帶走你的東西。

 Grandma got<u>　</u>up before the **day broke**.

奶奶在天沒亮就起床了。

重點直擊

- got 的字尾 "t" 要與下一字 up 的字首 "u" 連在一起，唸成 [tʌ]。
- broke [brok]，是 break 的過去式，這裡指「破曉」的意思。

 We **went<u>　</u>out** after the **rain stopped**.

在雨停之後，我們就出去了。

重點直擊

- went 的字尾 "t" 要與下一個單字 out 的字首 "ou" 連在一起，唸成 [taʊ]。
- stopped [stapt] 停止（stop 的過去式）v.

You **can wait here till** he's **back**.

你可以在這裡等他回來。

重點直擊

· till [tɪl] 直到～為止 conj.（= until）

（ex）They chatted about the movie till the meal supplied. =

They chatted about the movie until the meal supplied.

他們談論電影，直到餐點送上來。

常考句型 17

不定代名詞

🎧 1-17.mp3

要領提示 「不定代名詞」可能會當句子的主詞、受詞或補語等，重音會放在不定代名詞上表示強調。

發音提示 粗體套色字為重音，加底線者為連音。

致勝關鍵 KeyPoints

★常用的不定代名詞

所指數量	可用詞彙
無	none「沒一個」；no「無」
一個	one「一個」；every「每個」；each「每一個」；another「另一個」；any「任何一個」
兩個	both「兩個」；either「兩者中的任一個」；neither「兩者都無」
一些	few「幾乎沒有」；a few「有幾個」；little「少」；a little「一點」；some「一些」
很多	others「其他的」；many「很多」；much「很多」；more「更多的」；most「大部分的」
全體	all「全部」

1 She **brought some** of her **toys**.

她帶了一些自己的玩具。

重點直擊

・ brought [brɔt] 帶（bring 的過去式，是不規則變化）v.，注意 "ou" 發的是短母音 [ɔ]。

2 I **don't know any** of the **words**.

這些字我一個都不認得。

重點直擊

・ any [`ɛnɪ] 絲毫；一些 pron.，用在否定中表示「全然不～；完全沒有～」。

3 Is there **anything else**?

還有其它的東西嗎？

重點直擊

・ else [ɛls] 其他 adv.，常用在疑問詞或不定代名詞之後。

ex What else is new?
還有什麼新鮮事？

Anybody will **like** this **idea**.

任何人都會喜歡這個主意的。

重點直擊

· anybody [`ɛnɪˌbɑdɪ] pron.，用於肯定句是指「任何人」的意思。

 Each of the **children got** a **present**.

每一個小朋友都得到一份禮物。

重點直擊

· each of + n.，意思是「～其中的每一個」。

(ex) A good teacher affects each of students deeply.
一個好老師會對每個學生有深遠的影響。

· got 的字尾"t"與下一個單字"a"連在一起唸成 [tə]。

 Family is **everything** to her.

家庭就是她的一切。

重點直擊

· everything [`ɛvrɪˌθɪŋ] 最重要的東西 pron.

(ex) Money isn't everything.
錢並不是最重要的（錢非萬能）。

None of us **have** a **pet**.

我們都沒有養寵物。

重點直擊

- none of～，意思是「沒有任何～」。

  ⓔⓧ None of the skirts is blue in the store.

  這間店裡都沒有藍色的裙子。

- of us 是連音，要唸成 [əvʌs]。

 All of the **people** are **scared**.

所有的人都嚇壞了。

重點直擊

- all of～，意思是「在所有的～中」。

  ⓔⓧ All of the telephones are not working.

  全部的電話都壞掉了。

- scared [skɛrd] 嚇壞的 adj.

 Both of the **melons** are **sweet**.

這兩顆瓜都很甜。

重點直擊

- both of～，意思是「兩者都～」。

- melon [`mɛlən] 瓜，甜瓜 n.

 No one **enjoyed** the **movie**.

沒有人覺得這部電影好看。

重點直擊

・no one 沒有人

ex No one satisfy with their service.

沒有人滿意他們的服務。

常考句型
18

被動語態

🎧 1-18.mp3

要領提示　「被動語態」是在主詞是動作或狀態的「承受者」時所使用的，要強調的重音會放在主詞和被動動詞（即過去分詞）上。

發音提示　粗體套色字為重音，加底線者為連音。

- -

1　The **cake** was **eaten** by **John**.

這個蛋糕被約翰吃掉了。

重點直擊

- eaten [`itṇ]，為 eat「吃」的過去分詞。
- 主詞＋be 動詞＋過去分詞＋by＋受詞，是被動語態的基本句型。

- -

2　The **girl** was **hit** by her **brother**.

這個女孩被她哥哥打了。

重點直擊

- hit [hɪt] 打 v.，動詞三態同形。

- -

③ The **postman** was **bitten** by a **dog**.

這個郵差被狗咬了。

重點直擊

- postman [`postmən] 郵差 n. = mailman / mail carrier

④ The **president** is **respected** by his **people**.

總統為人民所景仰。

重點直擊

- president [`prɛzədənt] 總統 n.，注意重音放在第一音節。
- respect [rɪ`spɛkt] 尊敬 v.

⑤ The **boys** were **punished** for **stealing** the **bike**.

這幾個男孩因為偷腳踏車而受到處罰。

重點直擊

- punish [`pʌnɪʃ] 處罰 v. → punish for ~ 因做～而受處罰

  ⓔⓧ The teacher punished Gary for cheating in exam.
  這位老師因為蓋瑞考試作弊而處罰他。

⑥ It **must** be **done** at **once**.

一定要馬上進行。

重點直擊

- at once 即刻；馬上

  ex Why don't you do it at once? 你為何不馬上行動呢？

7 **English** is **spoken** in the **States**.

在美國要說英文。

重點直擊

- spoken [`spokən] 說（speak 的過去分詞）
- the States 美國

8 My **bicycle** was **stolen** last **night**.

我的腳踏車在昨晚被偷了。

重點直擊

- stolen [`stolən] 偷（steal 的過去分詞）

9 He is **said** to be **rich**.

據說他很富有。

重點直擊

- be 動詞＋ said to ～，意思是「據說～」。

  ex Japanese are said to work very hard.
  據說日本人工作很認真。

129

10 The **tickets** were **sold** out.

門票已經銷售一空。

【重點直擊】

‧ sold out 賣光，（sell out 的過去分詞），sold 的字尾 "d" 要與 out 的字首 "ou" 連在一起，讀成 [daʊ]。

常考句型
19

表示地方／位置／時間的介系詞

🎧 1-19.mp3

要領提示　表示「地方、位置、時間」的介系詞通常會放在地方、位置、時間等受詞前面，重音也在這些受詞上，介系詞本身不會發重音。

發音提示　粗體套色字為重音，加底線者為連音。

致勝關鍵 KeyPoints

★常用的介系詞分類

表示	可用詞彙
地方	in「在～」；at「在～」；on「在～之上」；to「到～」；from「從～」；through「通過～」；across「橫越～」；around「在～附近」
位置	above「在～之上」；under「在～之下」；behind「在～之後」；between「在～之間」；near「在～附近」；by「在～旁邊」
時間	at「在～」；on「在～」；in「在～」；before「在～之前」；after「在～之後」；during「在～期間」；for「一段期間」；since「自從～」

1 There's **no school** on **Saturday** and **Sunday**.

星期六、日不用上學。

重點直擊

· school [skul] 上學 n. → no school 不用上學
· 表達「星期幾」的介系詞用 on，例如句中的 on Saturday, on Sunday。

2 I'll **travel** to **France** in **June**.

我六月要去法國。

重點直擊

· travel to ~，意思是「到某地去旅行」。

  ex Anne has traveled to South Africa last summer vocation.
  安妮去年暑假到南非去旅行。

· 表達「月份」的介系詞用 in，例如句中的 in June 是指「在六月」。

3 A **lot** of **people** were **killed** during the **war**.

許多人在這場戰爭期間死亡。

重點直擊

· during [ˋdjʊrɪŋ] 在~期間 prep. → during the war 在戰爭期間

The **cat** was **found** under the **table**.

這隻貓在桌子底下被找到。

重點直擊

- found [faʊnd] 找（find 的過去分詞）
- under [ˋʌndɚ] 在～底下 prep.，注意尾音 [ɚ] 要唸清楚。

 An **airplane flew** over our **heads**.

一架飛機從我們的頭上飛過。

重點直擊

- flew [flu] 飛（fly 的過去式） v.

 She **lives** in a **white house** by the **lake**.

她住在湖邊的一間白色屋子裡。

重點直擊

- by [baɪ] 在～旁邊 prep. → by the lake 在湖邊
  (ex) They chatted by the fire.
  他們在爐火邊閒聊。

 The **bakery** is across the **bank**.

這間麵包店在銀行的對面。

重點直擊

- bakery [`bekərɪ] 麵包店 n.
- across [ə`krɔs] 在～對面 prep.

・・・・・・・・・・・・・・・・・・・・・・・・・・・・・・・・・・・・

⑧ **We drove** through a **dark tunnel**.

我們開過一條陰暗的隧道。

重點直擊

- through [θru] 穿越；穿過 prep.
- tunnel [`tʌnl] 隧道 n.

・・・・・・・・・・・・・・・・・・・・・・・・・・・・・・・・・・・・

⑨ The **little boy sat** on the **wall**.

這個小男孩坐在矮牆上。

重點直擊

- sat [sæt] 坐（sit 的過去式），其字尾 "t" 要與下一個單字 on 連在一起唸，唸成 [tan]。

・・・・・・・・・・・・・・・・・・・・・・・・・・・・・・・・・・・・

⑩ **Put** the **umbrella** behind the **chair**.

把雨傘放在椅子後面。

重點直擊

- behind [bɪ`haɪnd] 在～後面 prep. → behind the chair 在椅子後面

・・・・・・・・・・・・・・・・・・・・・・・・・・・・・・・・・・・・

常考句型
20

動名詞

🎧1-20.mp3

要領提示　「動名詞」就是在動詞後面加上 **ing**，使該動詞具有名詞的詞性，通常會用來當主詞、受詞及補語等，所以大多要讀成重音。

發音提示　粗體套色字為重音，加底線者為連音。

● ●

1　**Brushing teeth** is a **good habit**.

刷牙是個好習慣。

重點直擊

・brush teeth 刷牙，teeth [tiθ] 牙齒（複數，單數是 tooth）n.

● ●

2　He **dreams** of being **rich** and **famous**.

他夢想能變得有錢又出名。

重點直擊

・dream of + Ving，意思是「夢想能～」。

　(ex) Lili often dreams of becoming a popular singer.

　　　莉莉時常夢想能成為一個受歡迎的歌手。

● ●

135

3 **Dad enjoys cooking** a lot.

爸爸很喜歡煮菜。

重點直擊

- enjoy [ɪn`dʒɔɪ] 享受；喜愛 v.，後面加 Ving。

4 I **spent** the **weekend sleeping**.

我整個週末都在睡覺。

重點直擊

- spend + 時間 + (in) + Ving，意思是「把時間花在做某事上」。

  (ex) They spent all day (in) visiting Yangmingshan National Park.
  他們花了一整天的時間在陽明山國家公園玩。

5 She is **good** at **playing** the **piano**.

她很會彈鋼琴。

重點直擊

- be 動詞 + good + at ~，意思是「擅長做某事」。

  (ex) Elton was good at rock climbing when he was young.
  艾爾頓在年輕時很擅長攀岩。

- play the piano 彈鋼琴，彈奏樂器的動詞是 play。

Instead of **going fishing**, we **stayed** at **home**.

我們待在家裡,沒有去釣魚。

重點直擊

- instead of 代替

  (ex) Martin will go to the meeting instead of you.

  馬丁將會代替你去參加會議。

- stay at home 待在家中

 The **floor needs cleaning**.

地板需要清理了。

重點直擊

- floor [flor] 地板 n.
- needs cleaning = needs to be cleaned

 I **have trouble speaking** in **public**.

我無法在眾人面前說話。

重點直擊

- have trouble + Ving,意思是「做~有困難」。

  (ex) Johnny had trouble refunding the money.

  強尼在退款時遇到了麻煩。

- in public 公開地

9 The **book** is **worth reading**.

這本書值得一讀。

重點直擊

- worth + Ving，意思是「值得～」。

  ⓔ⒳ Taiwan is a nice place worth visiting.

  台灣是個值得一遊的好地方。

10 He is **busy doing** the **dishes**.

他忙著洗碗盤。

重點直擊

- busy + Ving，意思是「忙著做某事」。

  ⓔ⒳ All students are busy studying for the final exam.

  所有學生都為了期末考而努力用功。

- do dishes 洗碗盤

常考句型
21

不定詞

🎧 1-21.mp3

要領提示　「不定詞」是 **to** + 原形動詞形態的準動詞,和上個句型動名詞
的用法有很多相同之處,重音會放在被強調的主詞、受詞或補語
上。

發音提示　粗體套色字為重音,加底線者為連音。

⚫ ⚪ ⚫ ⚪ ⚫ ⚪ ⚫ ⚪ ⚫ ⚪ ⚫ ⚪ ⚫ ⚪ ⚫ ⚪ ⚫ ⚪ ⚫ ⚪ ⚫ ⚪ ⚫ ⚪ ⚫ ⚪ ⚫ ⚪

1　To be **on time** is **important**.

守時是很重要的。

重點直擊

・on time 守時

⚫ ⚪ ⚫ ⚪ ⚫ ⚪ ⚫ ⚪ ⚫ ⚪ ⚫ ⚪ ⚫ ⚪ ⚫ ⚪ ⚫ ⚪ ⚫ ⚪ ⚫ ⚪ ⚫ ⚪ ⚫ ⚪ ⚫ ⚪

2　It is **fun** to **play computer games**.

玩電腦遊戲很有趣。

重點直擊

・It is fun to ~,意思是「做某事很有趣」。

(ex) It is fun to play basketball with Ted.
　　　和泰德一起打籃球很好玩。

・computer game 電腦遊戲

⚫ ⚪ ⚫ ⚪ ⚫ ⚪ ⚫ ⚪ ⚫ ⚪ ⚫ ⚪ ⚫ ⚪ ⚫ ⚪ ⚫ ⚪ ⚫ ⚪ ⚫ ⚪ ⚫ ⚪ ⚫ ⚪ ⚫ ⚪

3 He **seems** to be **worried**.

他看起來好像很擔心。

重點直擊

- worried [`wɝɪd] 擔心的，發愁的 adj.

  worried about ～ 為～擔心

   Shopping Queen is worried about her debts of credit cards.
  購物天后很擔心她的卡債。

- -

4 She **wants** to **be** a **pilot**.

她想當一名飛行員。

重點直擊

- be [bi] 成為；當 v.
- pilot [`paɪlət] 飛行員 n.

- -

5 I **forgot** to **do** my **homework**.

我忘了做作業。

重點直擊

- forgot to 要發連音，只要發一個 [t] 的音即可。
- do homework 做作業

- -

We **have no time** to **practice**.

我們沒有時間練習。

重點直擊

- have no time to + v. ，意思是「沒時間做某事」。
  (ex) Mary had no time to take a bus.
  瑪麗沒時間坐公車去了。

 I **have no idea what** to **do**.

我不知道該怎麼辦。

重點直擊

- have no idea 不知道；無能力
- what 和 to 要發連音，只要發一個 [t] 的音即可。

 Chinese is **not easy** to **learn**.

中文不容易學習。

重點直擊

- easy to learn 容易學習

9 **Children** are **easy** to **please**.

小孩子很容易討好。

重點直擊

- please [pliz] 討好；使～滿意 v.

10 His **story proved** to be **true**.

他的故事證實了是真的。

重點直擊

- prove [pruv] 證明，證實 v.

常考句型
22

程度副詞

🎧 1-22.mp3

要領提示 「程度副詞」是修飾動詞、形容詞或其他副詞的程度，因此在句中會用重音來強調。

發音提示 粗體套色字為重音，加底線者為連音。

致勝關鍵 KeyPoints

★常用的程度副詞

little 很少～；a bit 有點～；much ～得多；very 很～；too 太～；
enough 夠～；quite 相當～；so 如此～；almost 幾乎～；even 甚至更～；
nearly 幾乎～；rather 有點～；hardly 幾乎不～；pretty 非常～

1　**I feel a little better now.**

我現在覺得好一點了。

重點直擊

・feel better 感覺好一些

143

2 The **novel** is **very interesting**.

這本小說非常有趣。

重點直擊

- interesting [ˋɪntərɪstɪŋ] （讓人感到）有趣的 adj.

---

3 My **sister** is **not old enough** to **go** to school.

我妹妹的年紀還沒不夠大，不能去上學。

重點直擊

- old enough to ～，意思是「年紀夠大能做～」。
  (ex) I am old enough to go to drive test.
  我的年紀已經夠大，可以去考駕照了。

---

4 Every one was **greatly surprised** at the **news**.

每個人都對這則消息感到十分驚訝。

重點直擊

- greatly [ˋgretlɪ] 非常地 adv.
- be 動詞 + surprised + at ～，意思是「對～感到驚訝」。
  (ex) Kenny was surprised at your refusal.
  肯尼對你的拒絕感到驚訝。

---

5 The **bus hardly arrives** on **time**.

這台公車幾乎不準時到站。

重點直擊

- hardly [`hɑrdlɪ] 幾乎不 adv.
- on time 準時

6 I'm **pretty sure** I **locked** the **door**.

我十分確定我鎖門了。

重點直擊

- pretty [`prɪtɪ] 十分地 adv.
- locked [lakt] 鎖上（lock 的過去式）v.

7 The **juice** is **too sour**.

這個果汁太酸了。

重點直擊

- too + adj.，意思是「太（過）～」。
- sour [`saʊr] 酸的 adj.

My **work** is **almost done**.

我的工作就快完成了。

重點直擊

· done [dʌn] 完成的 adj.

 She **felt so sorry** about the **broken vase**.

她對打破花瓶感到很抱歉。

重點直擊

· feel sorry about ~，意思是「為～感到遺憾／抱歉」。

ex Grace feels sorry about she didn't pass the exam.
葛瑞絲對於她沒有通過考試感到很遺憾。

 The **policemen nearly caught** the **thief**.

警察差一點就抓到小偷了。

重點直擊

· policemen [pə`lismɛn] 警察（複數）n.
· nearly [`nɪrlɪ] 差點 adv.

頻率／持續時間

🎧1-23.mp3

要領提示　「頻率副詞」用來表示動作的頻率，時間副詞則用來表示時間或期間，這樣的句子都是在強調時間，因此重音也會在頻率副詞和時間上。

發音提示　粗體套色字為重音，加底線者為連音。

致勝關鍵 KeyPoints

★常用的頻率與時間副詞

表示	可用字彙
頻率	always「總是」；often「時常」；usually「通常」；sometimes「有時」；occasionally「偶爾」；seldom「不常」；once「一次」；never「從不」
持續時間	today「今天」；yesterday「昨天」；tomorrow「明天」；now「現在」；later「最近」；soon「不久」；recently「最近」；before「之前」

 1

I go swimming twice a week.

我一個星期去游泳兩次。

重點直擊

· twice 的尾音 [s] 要與下一個單字 a 連在一起，唸成 [sə]。

---

2 **Take** the **medicine three times** a **day**.

這個藥一天要服用三次。

重點直擊

· take medicine 服藥
· ~ times a day，意思是「一天～次」。

---

3 The **rain lasted** for the **whole afternoon**.

雨持續下了一整個下午。

重點直擊

· last [læst] 持續 v.

  (ex) How long will the meeting last?　這個會議要開多久？
· whole [hol] 整個的 adj.

---

4 They **often play cards** on the **weekends**.

他們時常在週末玩牌。

重點直擊

· play cards 打牌；玩牌
· 表達「在週末」的介系詞用 on → on the weekends。

She raises hands frequently in class.

她上課時經常舉手。

重點直擊

- raise hands 舉手

  (ex) Please raise your hands if you know the answer.
     如果你們知道答案,請舉手。

- frequently [`frikwəntlı] 頻繁地,屢次地 adv.

- in class 上課時

 It rarely snows in Taiwan.

在台灣很少下雪。

重點直擊

rarely [`rɛrlı] 很少 adv.

 We sometimes have steaks for dinner.

我們有時候晚餐吃牛排。

重點直擊

- have [hæv] 吃 v. → have + 食物 + for dinner,意思是「吃~當晚餐」。

  (ex) What do they have for dinner?
     他們晚餐吃什麼?

149

⑧ It **rains** a lot **during** the **spring time**.

春天期間下很多的雨。

重點直擊

· during [`djʊrɪŋ] 在～期間 prep.

---

⑨ She **goes jogging every morning**.

她每天早上去慢跑。

重點直擊

· go jogging 從事慢跑運動

---

⑩ I've **lived** here for **two years**.

我已經住在這裡兩年了。

重點直擊

· I've 唸成 [aɪv]。

· have + 過去分詞 + for + 時間，意思是「持續～」。

ex Tom has worked in this company for five years.
湯姆已經在這家公司工作五年了。

常考句型 24

數字／百分數

🎧 1-24.mp3

要領提示　「數字和百分數」在句子中到底該怎麼唸呢？這是本句型的練習
重點，不論是年份、時間或其他數字，應該都會是重音所在，自
己多加反覆練習才會更順口。

發音提示　粗體套色字為重音，加底線者為連音。

致勝關鍵 KeyPoints

★ 1 ~ 20 數字的英文

數字	基數	序數
1	one	first
2	two	second
3	three	third
4	four	fourth
5	five	fifth
6	six	sixth
7	seven	seventh
8	eight	eighth
9	nine	ninth
10	ten	tenth
11	eleven	eleventh
12	twelve	twelfth

數字	基數	序數
13	thirteen	thirteenth
14	fourteen	fourteenth
15	fifteen	fifteenth
16	sixteen	sixteenth
17	seventeen	seventeenth
18	eighteen	eighteenth
19	nineteen	nineteenth
20	twenty	twentieth

1 I was **born** in 1982.

我是 1982 年出生的。

重點直擊

· 西元年 1982 唸成 nineteen eighty-two。

2 The **train** will **leave** at 9:15.

火車會在九點十五分啟程。

重點直擊

· 9:15 唸成 nine fifteen，也可以唸成 a quarter past nine。

3 She is in her **thirties**.

她三十幾歲。

重點直擊

· in one's thirties 三十幾歲

· ·

4 **One** and **two make three**.

一加二等於三。

重點直擊

· make [mek] 等於 v.，也可用 equal, are 代替。

  ⓔⓧ One and two equal three.

  ⓔⓧ One and two are three.

· ·

5 The **shirt costs one thousand dollars**.

這件襯衫價錢是一千元。

重點直擊

· shirt [ʃɝt] 襯衫 n.，注意母音要發 [ɝ]，是捲舌音。

· cost＋錢，意思是「值／花費～錢」。

  ⓔⓧ It cost him around ten thousand dollars to repair the car.

    他花了將近一萬元在修車上。

· ·

⑥ His **birthday** <u>is on</u> **November 21st**.

他的生日是十一月二十一日。

重點直擊

- 21st 是序數，要唸成 twenty-first。

⑦ He **gave** me a **25% discount**.

他給我七五折的優惠。

重點直擊

- 25% 唸成 twenty-five percent。

⑧ **January** is the **first month** <u>of a</u> **year**.

一月是一年中的第一個月份。

重點直擊

- January [`dʒænjʊˌɛrɪ] 一月 n.，這個單字較長，有四個音節，重音要放在第一個音節。

⑨ I **ate** one **quarter** of the **watermelon**.

我吃了四分之一個西瓜。

重點直擊

- quarter [`kwɔrtɚ] 四分之一 n.

Three-fourth of the **students** are **girls**.

四分之三的學生是女生。

重點直擊

· （分子）基數／（分母）序數「～分之～」，three-fourth 三
分之四。

PART **1**

常考句型
25

比較級／最高級

🎧 1-25.mp3

要領提示　「比較級和最高級」是用來強化形容詞的程度，最高級是比較的單位超過三個以前才會用到。這種句型的重音會落在比較級和最高級上。

發音提示　粗體套色字為重音，加底線者為連音。

- -

1　He is **younger** than I.

他比我年輕。

重點直擊

· younger [`jʌŋgɚ] 更年輕的（young 的比較級）adj.

- -

2　The **water** is **getting colder** and **colder**.

水越來越冷了。

重點直擊

· get / become ＋比較級＋ and ＋比較級，意思是「越來越～」。

　ex It becomes hotter and hotter in July.

　　七月的天氣越來越熱了。

- -

3   I'm **no smarter** than you are.

我沒有比你聰明。

重點直擊

- no + 比較級，意思是「沒有更～」。

  (ex) There is no more embarrassing than this occasion.

  再也沒有比這更令人尷尬的情況了。

4   She **has** more **money** than he does.

她比他更有錢。

重點直擊

- he does = he has。前後的動詞相同，後面的動詞可以用 does 代替。

5   The **weather** was **going** from **bad** to **worse**.

天氣越來越糟了。

重點直擊

- go from bad to worse 每況愈下；情況越來越糟

  (ex) His grandpa's state of healthy is going from bad to worse.

  他爺爺的健康狀況是每況愈下。

⑥ **Whales** are **bigger** than **elephants**.

鯨魚比大象更大。

重點直擊

· whale [hwel] 鯨魚 n.，注意 "a" 要發長母音 [e]。

⑦ **Tom** is the **oldest son**.

湯姆是長子。

重點直擊

· Tom 在唸的時候，要注意字尾 [m] 嘴巴要閉起來。

· oldest son = eldest son 長子

⑧ **Who** is the **tallest** one in your **class**?

你們班上誰最高？

重點直擊

· tallest [tɔləst] 最高的（tall 的最高級，前面要加 the）adj.

⑨ **Nothing** is more **important** than **health**.

沒有比健康更重要的事了！

重點直擊

· nothing [ˋnʌθɪŋ] 沒有什麼 pron.，注意重音在前面。

10

She **put** on her **best dress**.

她穿上了她最好看的洋裝。

重點直擊

· put on 穿上（衣服），put 和 on 要連在一起，唸成 [pʊtan]。

Chapter 2
考題透視

Part 2
朗讀句子與
短文

作答提示

1. 本部份的題目都印在試題紙上，在開始朗讀之前有一分鐘的時間可以先閱讀題目，接著在一分鐘之內，以平穩的速度和正確的發音、語調將句子及短文唸出來。

2. 練習時請先看文字試著唸出句子，之後再看文字跟著音檔一起複誦確認發音、語調。

常考句型
1

直述句

 🎧 2-01-01.mp3

發音提示　粗體套色字為重音,加底線者為連音。

● ●

1 He was **sorry** for his **earlier decision**.

他為之前所做的決定感到後悔。

重點直擊

・be sorry for ~,意思是「對~感到後悔」。

　(ex) I am sorry for absence that day.
　　　我後悔那天缺席。

● ●

2 **Besides Chinese**, I **speak English** and **French**.

除了中文,我還會說英文和法文。

重點直擊

・besides 除了~之外 prep.
・English 的字尾 "sh" 與 and 的字首 "an" 連在一起唸成 [ʃən]。

● ●

3　I **saw** an **old man lie** on the **street**.

我看到一個老人倒臥在街道上。

重點直擊

・saw [sɔ] 是 see 的過去式，後面接原形動詞或動名詞。

4　She **forgot** to **bring** her **purse** with her.

她忘了隨身帶著錢包。

重點直擊

・forget 和後面的 to 只要發一個 [t] 的音。
・bring + 物 + with + 人，意思是「隨身帶著某物」。
　　ex Sally always brings her picture with her.
　　　莎莉總是隨身攜帶她的相片。
・purse [pɝs] 錢包；（女用）手提包 n.

5　**Thousands** of **people attended** the **ceremony**.

數千人前來參加這個典禮。

重點直擊

・thousands 和後面的 of 要連在一起唸。
・attend [əˋtɛnd] 出席 v.，後面不加介系詞直接接名詞。
　　ex attend school　上學
・ceremony [ˋsɛrəˏmonɪ] 典禮 n.

PART 2

❻ The **appointment** this **afternoon** is **canceled.**

今天下午的約會取消了。

重點直擊

· the appointment 的定冠詞 the 要唸成 [ðɪ]。appointment [əˋpɔɪntmənt]（正式的）約會 n.

❼ The **restaurant** is **famous** for the **spaghetti.**

這家餐廳是以義大利麵出名。

重點直擊

· famous for 以～出名

　ex The town is famous for the china.

　　這個鎮以瓷器聞名。

· spaghetti [spəˋgɛtɪ] 義大利麵 n.

致勝關鍵 KeyPoints

★餐桌上各種食物的英文

英文	中譯	英文	中譯
rice	飯	noodle	麵
soup	湯	sandwich	三明治
hot dog	熱狗	pizza	披薩
pork chop	豬排	steak	牛排
chicken	雞肉	barbeque	烤肉
vegetable	蔬菜	dessert	甜點

164

He's in **charge** of **everything** in this **company**.

他負責這間公司的每一項事務。

重點直擊

· in charge of 負責～

(ex) Ted is in charge of repairing computers.

泰德負責維修電腦。

· charge 和後面的 of 要連在一起唸。

 New York is one of the **busiest cities** in the **world**.

紐約是世界上其中一個最繁忙的城市。

重點直擊

· busiest [`bɪzɪst] 最繁忙的 adj.，是 busy 的最高級，前面要加 the。

 The **keys** are in the **pocket** of my **coat**.

鑰匙在我外套的口袋裡。

重點直擊

· keys [kiz] 鑰匙（複數）n.，字尾 "s" 發有聲子音 [z]。

· pocket [`pɑkɪt] 口袋 n.

165

PART 2

常考句型
2

否定句

🎧 2-01-02.mp3

發音提示　粗體套色字為重音，加底線者為連音。

1 She **didn't attend** the **meeting yesterday**.

她昨天沒有參加會議。

重點直擊

- meeting [`mitɪŋ] 會議 n.，重音在第一音節，ee 發長母音 [i]。

2 He is **not satisfied with** his **grades**.

他對自己的成績不滿意。

重點直擊

- be 動詞 + satisfied + with，意思是「對～感到滿意」。
  (ex) The boss was satisfied with your achievement.
  老闆對你的成績感到滿意。

166

3 **I don't like** the **way** you **talk**.

我不喜歡你說話的方式。

重點直擊

・the way + 主詞 + v.，意思是「某人做某事的方式」。
  (ex) the way she looks at you
      她看你的方式

4 **Being rich doesn't** always **make people happy**.

財富不一定會讓人快樂。

重點直擊

・make + 主詞 + adj.，意思是「讓某人變得～」。
  (ex) make you beautiful
      讓你變美麗

5 **Computers aren't** that **expensive now**.

電腦現在沒那麼貴了。

重點直擊

・that 在這裡當「那樣～，那麼～」來解釋。

167

The coffee of this snack bar doesn't taste good.

這間小吃店的咖啡不好喝。

重點直擊

- snack [snæk] 點心；小吃 n.
- bar [bar] 小吃店 n.

致勝關鍵 KeyPoints

★ snack bar 裡可能會賣的東西

英文	中譯	英文	中譯
coffee	咖啡	black tea	紅茶
milk	牛奶	chocolate	巧克力
cookie	餅乾	apple pie	蘋果派
doughnut	甜甜圈	cake	蛋糕

We can't live without air and water.

沒有空氣和水，我們無法生存。

重點直擊

- without [wɪˋðaʊt] 沒有～ prep.

  ex I can't pass the exam without your help.

  沒有你的幫忙，我就不能通過這次考試。

8 **Though** he **won** the **first prize**, he was **not proud**.

儘管他得了第一名，他並不驕傲。

重點直擊

・ prize [praɪz] 獎 n. → the first prize 第一名

9 **Good writers don't use** lots of **big words** in their **writings**.

好的作家在他們的作品中不會用很多又長又艱深的詞彙。

重點直擊

・ big words 指的是「又長又艱深的詞彙」。

・ writing 當可數名詞時，指的是「寫作的作品」。

    ex He has read all the writings of Mark Twin.

       他已經讀過所有馬克・吐溫的作品。

10 You **shouldn't talk** with your **mouth full** of **food**.

你的嘴裡都是食物時不應該講話。

重點直擊

・ full of ~ 裝滿～

    ex full of rice　裝滿米

    ex full of water　裝滿水

    ex full of people　擠滿人

常考句型
3

祈使句

🎧 2-01-03.mp3

發音提示 粗體套色字為重音,加底線者為連音。

● ●

1 **Come ba<u>ck ag</u>ain** at **ten** tomorrow.

明天十點再來一趟。

重點直擊

- back 的字尾 "ck" 要與 again 的字首 "a" 連在一起,唸成 [kə]。
- at ten = at ten o'clock 在十點鐘的時候

● ●

2 Be **kind** to **others**, and be **strict** to **yourself**.

寬以待人,嚴以律己。

重點直擊

- kind [kaɪnd] 親切的 adj.
- others 在這裡指的是 other people「其他人」。
- strict [strɪkt] 嚴格的 adj.,注意 "c" 發 [k],要輕輕地唸出來。

● ●

3 **Don't smoke** in **public places** like **movie theaters** or **department stores**.

在公共場所不要抽菸，例如：電影院或是百貨公司。

重點直擊

- public [`pʌblɪk] 公共的 adj. → public place 公共場所
- like 在這裡當介系詞，意思是「像；例如」。

致勝關鍵 KeyPoints

★各種公共場所的英文

英文	中譯	英文	中譯
bank	銀行	post office	郵局
library	圖書館	gas station	加油站
church	教堂	temple	寺廟
MRT station	捷運站	airport	機場
railroad station	火車站	seaport	海港

4 Let her **have** a **peaceful moment** in her **room**.

讓她在自己的房間靜一靜。

重點直擊

- let + 主詞 + 原形動詞，意思是「讓某人做某事」，

  (ex) Let me see your face. 讓我看你的臉。

- have 的字尾 "ve" 要和後面的冠詞 a 連在一起，唸成 [və]。
- peaceful [`pisfəl] 平靜的 adj.，是 peace「和平」衍生的形容詞。
- moment 要和後面的 in 連在一起唸。

⑤ **Don't** let **children go swimming** by **themselves**.

不要讓小朋友自己去游泳。

重點直擊

- children [`tʃɪldrən] 小朋友（複數）n.，child 是單數。
- go swimming 去游泳

⑥ **Make good use** of your **time** while you **still have** it.

在你還有時間的時候，要好好運用。

重點直擊

- make good use of～ 妥善利用～

  ex How to make good use of technology in this case?
  在這個案子裡要如何妥善利用科技？

- have 的字尾 "ve" 要和後面的 it 的字首 "i" 連在一起，唸成 [vɪ]。

⑦ **Look** both **ways** before you **cross** the **streets**.

在過馬路前，要左右看一下。

- cross [krɔs] 通過 v. → cross the streets 過馬路
  (ex) cross the river　渡河

8 **Please show** me **how** to **operate** the **machine**.

請告訴我要如何操作這個機器。

- operate [`ɑpə͵ret] 操作 v.

9 **Do put back** the **toys** after you **play** with them.

你玩具玩完之後，一定要收好。

- 句首的 do 是當作強調語氣使用。
- put back 放回去；歸回原位

10 **Never give** up if there's **still** some **hope**.

只要還有一絲希望就不要放棄。

- give up 放棄，give 的字尾 "ve" 要和下一個單字 up 的字首 "u"
  連在一起，唸成 [vʌ]。

PART 2

常考句型
4

疑問句

🎧 2-01-04.mp3

發音提示　粗體套色字為重音，加底線者為連音。

1　**Which T-shirt** do you **prefer**, the **red** one or the **blue** one?

你喜歡哪一件 T 恤，紅色的還是藍色的？

重點直擊

・prefer [prɪ`fɝ] 偏好；較喜歡 v.

2　**What** do you **want** to be **when** you **grow** up?

你長大以後想要做什麼？

重點直擊

・want 和 to 只要發一個 [t] 的音。
・grow [gro] 成長 v. → grow up （人或動物）長大

174

③ **Who** is **responsible** for **doing** the **dishes tonight**?

今晚是誰負責洗碗？

重點直擊

- responsible [rɪ`spɑnsəbḷ] 負責任的 adj.

  → responsible for 對～負責

  (ex) Politicians should be responsible for their policy.
  政治人物應該為他們的政策負責。

- -

④ **Where** did the **pirates hide** their **treasures**?

這些海盜把他們的寶藏藏在哪裡？

重點直擊

- pirate [`paɪrət] 海盜 n.
- hide [haɪd] 把～藏起來 v.
- treasure [`trɛʒɚ] 金銀財寶 n.

- -

⑤ **When** did **Ken** and **Jenny get married**?

肯和珍妮在什麼時候結婚？

重點直擊

- get married 結婚

- -

⑥ **How** do I **go** to the **museum** from here?

我從這裡要怎麼到博物館去？

重點直擊

- museum [mju`zɪəm] 博物館 n.

7 What's your **opinion** about **pirated movies**?

你對盜版電影有什麼看法？

重點直擊

- opinion [ə`pɪnjən] 意見 n.
- pirate [`paɪrət] 非法翻印者 n. → pirate movie 盜版電影

⑧ Does she **go abroad** every **summer vacation**?

她每年暑假都出國嗎？

重點直擊

- abroad [ə`brɔd] 在國外 adv. → go abroad 出國
- summer [`sʌmɚ] 夏天 n. ，vacation [ve`keʃən] 假期 n.
  → summer vacation 暑假

9 Are your **parents easy** to **get along** with?

你的父母容易相處嗎？

重點直擊

· get along with ~ 與～一起相處

ex I can't go along with that kind of director.
我沒辦法和那種主管相處。

10 Did your **boyfriend propose** to you **last night**?

你的男友昨晚向你求婚了嗎？

重點直擊

· propose [prəˋpoz] 求婚 v. → propose to 人向～求婚

ex Kevin proposed to Maggie last week.
凱文上禮拜向瑪姬求婚了。

常考句型
5

感嘆句

🎧 2-01-05.mp3

發音提示　粗體套色字為重音，加底線者為連音。

1 **How many things** are there to **learn** in one's life!

一生當中要學的東西太多了！

重點直擊

・ in one's life 在人的一生中

2 **What friendly people** there are in this **town**!

這座鎮上的人多麼友善啊！

重點直擊

・ friendly [ˋfrɛndlɪ] 友善的 adj.，是 friend「朋友」衍生的形容詞。

3 **How impolite** of him it is to **say** that!

他那樣說真是無禮！

重點直擊

· impolite [ˌɪmpə`laɪt] 無禮的 adj. ↔ polite [pə`laɪt] 禮貌的 adj.

  (ex) He is polite.　他很有禮貌。

4 **What a very diligent student** she is!

她是多麼勤勉的學生呀！

重點直擊

· what a 的發音是連音，要唸成 [hwatə]。

· diligent [`dɪlədʒənt] 勤奮的；勤勉的 adj.

5 **What a fool** I was to **trust** him!

我真是個傻瓜，居然相信他！

重點直擊

· fool [ful] 傻瓜 n.

· trust [trʌst] 信任；相信 v.

6 **How beautifully** the **bird sings** in the **tree**!

樹上的鳥兒唱得多麼美妙呀！

重點直擊

· beautifully [`bjutəfəlɪ] 美麗地；美妙地 adv.

What a **shame** it is to **admit** the **mistake**!

承認這個錯誤真是丟臉！

重點直擊

- shame [ʃem] 羞恥 n.
- admit [əd`mɪt] 承認 v.

What amazing power religions have on **people**!

宗教對人所發揮的力量真是令人驚訝！

重點直擊

- amazing [ə`mezɪŋ] 驚人的，令人驚訝的 adj.
- religion [rɪ`lɪdʒən] 宗教 n.
- have 的字尾和下一個單字 on 要連在一起唸。

What a **lovely garden** you **have**!

你的花園真美麗！

重點直擊

- lovely [`lʌvlɪ] 可愛的 adj.
- garden [`gɑrdn̩] 花園 n.

How **brightly** the **sea shines** under the **sun**!

大海在陽光下多麼耀眼呀！

重點直擊

· brightly [`braɪtlɪ] 耀眼地 adv.

PART 2

常考句型
6

倒裝句

🎧 2-01-06.mp3

發音提示　粗體套色字為重音，加底線者為連音。

1 By **no means** is she a **friendly roommate** to **live** with.

她絕對不是個可以一起住的好相處室友。

重點直擊

・ means [minz] 手段，方法 n. → by no means 絕不，一點也不

・ roommate [`rum͵met] 室友 n. = room-mate。

2 **Only** by **working together** can we **solve** the **problem**.

我們只有合作才能解決問題。

重點直擊

・ only by ~ can ~ 只有～才能～

ex Only by reducing mistakes can we increase efficiency.
　　我們只有減少錯誤才能提高效率。

・ work together 合作

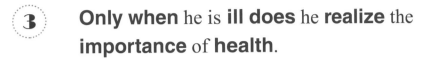

③ **Only when** he is **ill does** he **realize** the **importance** of **health**.

只有在生病的時候，他才明白健康的重要。

重點直擊

- only when ~ 只有在～的時候

  (ex) Using it only when necessary.
       只有在需要的時候才能使用它。

- ill [ɪl] 生病的 adj. = sick

④ **Little do** we **know** about the **mysterious guest**.

我們對這位神秘訪客一無所知。

重點直擊

- little [`lɪtl] 少；不多 n.
- mysterious [mɪs`tɪrɪəs] 神祕的 adj.

⑤ At the **end** of the **class appeared Tony**.

東尼到了快下課才出現。

重點直擊

- end [ɛnd] 結束 n. → at the end of ~ 在～結尾處

  (ex) at the end of the street　在街道盡頭
- appear [ə`pɪr] 出現 v.

⑥ **Here came** the **mother duck** and her **babies**.

鴨媽媽和牠的寶寶走過來了。

重點直擊

· Here come(s) ～　～朝這裡過來了

· duck 的字尾 ck 和 and 要連在一起唸。

---

⑦ **So funny** was the **story** that we **couldn't stop laughing**.

這個故事太好笑了，我們笑得停不下來。

重點直擊

· stop + Ving，意思是「停止做某事」。

　　(ex) stop smoking　停止抽菸

　　(ex) stop crying　停止哭泣

　　(ex) stop walking　停止走路

---

⑧ **Not** only **can** I **speak French**, but I also **speak Italian**.

我不只會說法文，還會說義大利文。

重點直擊

· not only ～ but also ～，意思是「不但～，而且～」。

　　(ex) She eats not only meat but also seafood.

　　　　她不只吃肉，還吃了海鮮。

- not 和下一個單字 only 要連在一起唸；but 和 I 也要連在一起唸。

---

9 **Rarely** do **strangers visit** this **village**.

很少會有外地人來這座村莊。

重點直擊

- rarely [`rɛrlɪ] 很少 adv.

  ex She rarely came to see her mother.

  她很少回來看她媽媽。

- strange 陌生的 adj. → stranger [`strendʒɚ] 陌生人；外地人 n.

---

10 On **no account** will he **give a treat**.

他絕對不會請客。

重點直擊

- on no account + 原形動詞，意思是「絕不」。

  ex You must on no account miss the chance.

  你可絕對不要錯過這個機會。

- treat [trit] 請客 n. → give + 人 + a treat 宴請（某人）

  ex John gave them a treat yesterday.

  約翰昨天請他們吃飯。

- give 和下一個單字 a 要連在一起唸。

常考句型 7

附加問句

🎧 2-01-07.mp3

發音提示　粗體套色字為重音，加底線者為連音。

- -

1　**Tokyo** is the **capital** of **Japan**, isn't it?

東京是日本的首都，不是嗎？

重點直擊

- Tokyo [`tokɪo] 東京，發音時注意重音在前面。
- capital [`kæpət]] 當名詞時常見的意思有「首都」、「資本」，這裡是指「首都」。

- -

致勝關鍵 KeyPoints

★常見國家及其首都的英文

國家英文	國家中譯	首都英文	首都中譯
America	美國	Washington, D.C.	華盛頓
England	英國	London	倫敦
France	法國	Paris	巴黎
Australia	澳洲	Canberra	坎培拉

國家英文	國家中譯	首都英文	首都中譯
Thailand	泰國	Bangkok	曼谷
Japan	日本	Tokyo	東京
Korea	韓國	Seoul	首爾
Egypt	埃及	Cairo	開羅
Italy	義大利	Rome	羅馬
Brazil	巴西	Brasilia	巴西利亞
Canada	加拿大	Ottawa	渥太華

② We **don't have time** to **waste**, do we?

我們沒有時間可以浪費了，對吧？

重點直擊

· have time to ~，意思是「有時間做某事」。

ex I still have time to drink a cup of coffee.

我還有時間可以喝杯咖啡。

· waste [west] 浪費 v.

③ The **prince** and the **princess** will **live happily** ever after, won't they?

王子和公主從此以後會幸福快樂的生活，不是嗎？

187

重點直擊

- prince [prɪns] 王子 n.，princess [`prɪnsɪs] 公主 n.
- ever after 從此以後一直～

---

4 The **streets** are **jammed** with **cars**, aren't **they**?

路上擠滿了車子，不是嗎？

重點直擊

- jam [dʒæm] 塞滿 v. → be 動詞 + jammed with ～ 擠滿了～

  (ex) The bus was jammed with people.
  這台公車上擠滿了人。

---

5 There's **nothing left** in the **refrigerator**, is there?

冰箱裡什麼也不剩，是嗎？

重點直擊

- refrigerator [rɪ`frɪdʒə‚retə] 冰箱 n. = fridge [frɪdʒ]。

---

6 I **have no choice** but to **agree**, do I?

我除了答應以外沒有其他選擇，是嗎？

重點直擊

- choice [tʃɔɪs] 選擇 n. → have no choice but to ～ 除了～別無選擇

(ex) Many homeless have no choice but to live in park.
很多無家可歸的人除了住在公園以外別無選擇。

* * *

7 You **have** just **bought** a **new computer**, **haven't** you?

你剛買了一部新電腦，不是嗎？

重點直擊

- bought a 為連音，唸成 [bɔtə]。
- haven't you 連在一起唸，唸成 [ˋhævn̩tʃu]。

* * *

8 We should **turn** in the **paper** by **Tuesday**, **shouldn't** we?

我們應該在星期二前交報告，不是嗎？

重點直擊

- turn in 交上；歸還
  (ex) Turn in the keys after using, please.
  鑰匙用完後請歸還。
- paper [ˋpepɚ] 報告 n.

* * *

189

9 Let's **go boating**, shall we?

我們去划船,好不好呢?

重點直擊

· boat [bot] 划船 v. → go boating 從事划船活動

10 **Don't smoke inside**, will you?

不要在裡面抽菸,好嗎?

重點直擊

· inside [`ɪn`saɪd] 在室內 adv. ↔ outside [`aʊt`saɪd] 在室外 adv.
· smoke 和下一個單字 inside 要連在一起唸。

常考句型
8

建議語氣

🎧 2-01-08.mp3

發音提示　粗體套色字為重音，加底線者為連音。

1　We'd **better set** <u>off</u> before it **gets dark**.

我們最好在天黑前出發。

重點直擊

- we'd better = we had better 我們最好
- set off 出發，兩個單字連在一起，唸成 [sɛtɔf]。

2　You **should wash** your **hands** before **having meals**.

吃飯前應該要洗手。

重點直擊

- have [hæv] 吃 v.，meal [mil] 一餐 n. → have meals 吃飯

致勝關鍵 KeyPoints

★洗手 5 步驟的英文

步驟	中譯
wet the hands	濕
rub the hands together	搓
flush the hands	沖
hold up in both hands	捧
wipe the hands	擦

3 Shall we **take** our **coats** before we **set** off?

我們出發前先拿一下外套好嗎？

重點直擊

- take 的字尾與下一個單字 our 的字首連在一起，唸成 [kaʊ]。
- set off 出發

4 Shall you **tell Mr. Brown** to **come** down right **now**?

你叫布朗先生馬上下來好嗎？

重點直擊

- tell ＋ 人 ＋ to ~ 叫某人做某事

  ex I didn't tell him to clean the house.
  我沒有叫他去打掃房子。

‧ right now 立刻；馬上

⑤ Let's **double-check** all the **windows** and **doors**.

我們再仔細檢查所有的門窗吧！

重點直擊

‧ double [`dʌbḷ] 雙重地 adv. → double check 仔細檢查
‧ check 和下一個單字 all 會連在一起唸。

⑥ Let's **go** to the **information desk** first!

我們先到服務台去吧！

重點直擊

‧ information [ˌɪnfəˋmeʃən] 資訊 n. → information desk 服務台；
詢問處

⑦ Why **not have** some **tea** and **cake** this **afternoon**?

今天下午何不來點茶和蛋糕呢？

重點直擊

‧ Why not + 原形動詞，是指「為什麼不～」，表示提議。
  ⓔⓧ Why not play basketball after school?
  放學後何不去打籃球呢？

⑧ What about **changing trains** at the **next station**?

在下一站換車好嗎？

重點直擊

- What about + Ving，意思是「～好嗎？」，表示提議。
  ⓔⓧ What about having lunch at 12:30?
     十二點半吃午飯好嗎？
- what 和下一個單字 about 要連在一起唸。
- change trains 換車

⑨ How about **having** some **drinks** after the **movie**?

看完電影後去喝點東西好嗎？

重點直擊

- How about + Ving / n.，意思是「～好嗎？」，表示提議。
  ⓔⓧ How about writing a letter to your mother?
     寫封信給你媽媽好嗎？

⑩ You'd **better listen** to **elders' advice**.

你最好聽從老人家的勸告。

重點直擊

- advice [əd`vaɪs] 建議 n. → listen to ~'s advice 聽某人的建議
  ⓔⓧ listen to father's advice　聽爸爸的建議

常考句型
9

假設語氣

∩ 2-01-09.mp3

發音提示　粗體套色字為重音，加底線者為連音。

1

If it's **sunny tomorrow**, I will **go fishing** with my **father**.

如果明天是晴天，我就會跟爸爸去釣魚。

重點直擊

- sunny [`sʌnɪ] 陽光普照的 adj.
- go fishing [go `fɪʃɪŋ] 釣魚

2

If you **see Sally**, **tell** her I'm **looking** for her.

如果你看到莎莉，告訴她我正在找她。

重點直擊

- look for 尋找

  ex The police was looking for the lost child.
  警方在找那名失蹤的孩子。

195

③ If his **story** is **true**, then we are all in **big trouble**.

如果他說的是真的,那我們全都惹上大麻煩了。

重點直擊

・trouble [`trʌbl] 麻煩 n. → in trouble 惹上麻煩

④ If she were **not married**, I would **go** after her.

如果她沒結婚,我就會追求她。

重點直擊

・If + 主詞 1 + were ~, 主詞 2 + would ~,意思是「如果~,就會~」,與現在事實相反的假設。

ex If you were serious, he would think about it.
　　如果你是認真的,他就會好好考慮。

・go after 追求

⑤ If we had **had money** then, we would **not have sold** the **house**.

如果我們那時候有錢,就不會把房子賣掉了。

重點直擊

・If + 主詞 + had + 過去分詞, 主詞 + would ~ 意思是「如果~,就會~」,與過去事實相反假設。

ex If she had walked carefully, she would not have fallen down from the steps.
　　如果她走路小心點,就不會從樓梯上跌下來了。

6 Should it **snow tomorrow**, **lots** of **visitors** would **come** up the **mountain**.

如果明天下雪，就會有許多觀光客上山來。

重點直擊

- snow [sno] 下雪 v.
- visit [`vɪzɪt] 觀光 v. → visitor [`vɪzɪtə] 觀光客 n.

7 I **wish** I **had** a **pen** with me **now**.

要是我現在身上有帶著筆就好了！

重點直擊

- have + 物 + with 人，意思是「身上有帶～」。
  (ex) Jennifer doesn't have money with her.
  珍妮佛身上沒有帶錢。

8 He **takes good care** of the **trees** as if they were his **children**.

他妥善照顧那些樹木，就好像是他的小孩一樣。

重點直擊

- take care of 照顧 → take good care of 妥善照顧
- as if 這個片語要連在一起唸，讀成 [`æzɪf]

⑨ **But** for your **encouragement**, I should **fail**.

若沒有你的鼓勵，我就會失敗。

重點直擊

- But for ~ 若沒有；若不是

  Ⓔ But for the teacher's direction, Linda could have lost the game.

  若沒有這位老師的指導，琳達就會輸掉這場比賽。

- encourage [ɪn`kɝɪdʒ] 鼓勵 v. → encouragement [ɪn`kɝɪdʒmənt] 鼓勵 n.

⑩ To **see** the **house**, you would **surely like** it.

要是你看到那棟房子，你一定會喜歡的。

重點直擊

- surely [`ʃʊrlɪ] 無疑；一定 adj.

- like it 連在一起唸，唸成 [laɪkɪt]。

常考句型
10

副詞子句

⌒ 2-01-10.mp3

發音提示 粗體套色字為重音，加底線者為連音。

---

① **Don't** cut in when I am **talking** to **others**.

我在跟別人說話的時候不要插嘴。

重點直擊

· cut [kʌt] 切 v. → cut in 插話，兩個字連在一起唸成 [kʌtɪn]。

---

② He will **study abroad** as **soon** as he **graduates**
from the **high school**.

他中學一畢業就會出國留學。

重點直擊

· as soon as 一～就～

　(ex) Tim went to work as soon as he got up in the morning.
　　　提姆早上一起床就去工作了。

· abroad 和下一個單字 as 要連在一起唸。

· graduate [ˋgrædʒʊˏet] 畢業 v. → graduate from 從～畢業

199

致勝關鍵 KeyPoints

★各級學校的英文

英文	中譯
nursery infant school	托兒所
kindergarten preschool	幼稚園
elementary school primary school	小學
junior high school	國中
senior high school	高中
vocational high school	高職
junior college	兩年制專科學校
college	學院；高等專科學校
university	大學
institute of technology	技術學院
graduate school	研究所

The **dog follows** me **wherever** I **go**.

我走到哪，那隻狗就跟到哪。

重點直擊

· follow [`falo] 跟隨 v.

· wherever [hwɛr`ɛvɚ] 無論到哪裡 conj.

The **weather** is **so cold** that **everyone wears heavy coats**.

天氣太冷了，所以大家都穿著厚外套。

重點直擊

· so ~ that ~ 如此～以致於～

(ex) She is so smart that no one can cheat her.

她是如此聰明，以致於沒人能欺騙她。

· heavy [`hɛvɪ] 重的 adj. → heavy coat 厚重的外套

 Though he's **got everything**, he is **not satisfied**.

雖然他已經擁有了一切，他還是不滿足。

重點直擊

· though [ðo] 雖然；儘管 conj.，注意後面的子句不可與 but 連用。

 If you **promise** to **keep** the **secret**, I will **tell** you.

如果你保證會保守祕密，我就告訴你。

重點直擊

· promise [`prɑmɪs] 保證 v.

· secret [`sikrɪt] 祕密 n. → keep the secret 保守祕密

Now that the **tickets** are **sold** out, let's **see** another **movie**.

既然票已經賣完了,我們去看另一部電影吧!

重點直擊

- now that 既然
- sold out 全部賣完的,兩個單字連在一起,唸成 [soldaʊt]。
- another [ə`nʌðɚ] 另外的 adj.

 I'll **wait** in the **office** till he **comes back**.

我會在辦公室等到他回來的時候。

重點直擊

- till [tɪl] 直到～為止 prep. → wait till 等到～的時候

 Since she **didn't like** the **skirt**, she **gave** it to me.

因為她不喜歡那件裙子,就把它給我了。

重點直擊

- since [sɪns] 因為 conj.
- gave it 兩個單字連在一起,唸成 [gevɪt]。

He **goes jogging every day** in **order** that he **may lose** weight.

為了要減重，他每天去慢跑。

重點直擊

· lose [luz] 失去 v. ，weight [wet] 重量 n. → lose weight 減重

常考句型 11

there 的句型

🎧 2-01-11.mp3

發音提示　粗體套色字為重音,加底線者為連音。

● ●

1　There is a **kitty** in her **hands**.

她手裡有隻小貓咪。

重點直擊

・is 和後面的冠詞 a 要連在一起唸。
・kitty [`kɪtɪ] 小貓 n.
・in one's hands 在某人手中

● ●

2　There were **two people hurt** in the **car accident**.

在這場車禍中有兩個人受傷。

重點直擊

・hurt [hɝt] 受傷 v.(動詞三態同形)
・car [car] 車子 n.,accident [`æksədənt] 意外 n. → car accident 車禍

● ●

3 There was a **bird singing beautifully** in the **tree**.

樹上有隻小鳥唱著美妙的歌。

重點直擊

・ was 和後面的冠詞 a 要連在一起唸。

・ in a / the tree 在樹上，千萬不能用 on the tree，這是錯誤的用法。

4 There was a **big earthquake happening** in **Japan yesterday**.

昨天日本發生了大地震。

重點直擊

・ was 和後面的冠詞 a 要連在一起唸。

・ earthquake [`ɝθ͵kwek] 地震 n.

・ happen [`hæpən] 發生 v.

致勝關鍵 KeyPoints

★各種天災的英文

英文	中譯	英文	中譯
drought	乾旱	floods	水災
debris flows	土石流	tsunami	海嘯
volcanic eruption	火山爆發	landslide	山崩

⑤ There is **no way** escaping from the jail.

沒有辦法從這座監獄逃出去。

・There is no way ~ 不可能／沒辦法~

(ex) There is no way to steal source from this computer.

沒有辦法從這台電腦竊取資料。

・escape [ə`skep] 逃跑 v. → escape from 從~逃走

(ex) The thief escaped from balcony.

那個小偷從陽台逃走了。

---

⑥ There will be an **important visitor tonight**.

今晚將有一位重要的客人。

重點直擊

・there will be ~ 將會有~

(ex) There will be many people receive the chairman in the airport.

將會有很多人到機場迎接主席。

・tonight [tə`naɪt] 今天晚上 n.

---

⑦ There is **no knowing** what will **happen** in the **future**.

未來會發生什麼事我們無法得知。

重點直擊

· There is no knowing + 子句，意思是「無法得知〜」。

  ex There is no knowing how we could prevent the disease.
     我們還不知道要如何預防這個疾病。

· future [`fjutʃə] 未來 n. → in the future 在未來

 We **hope** there to be a **wonderful Christmas** party.

我們期待有一場很棒的聖誕派對。

重點直擊

· wonderful [`wʌndəfəl] 極好的 adj.

· party [`pɑrtɪ] 宴會；派對 n.，Christmas [`krɪsməs] 聖誕節 n. → Christmas party 聖誕派對

 There are **six phone calls waiting** to be **answered**.

有六通電話正在等著回電。

重點直擊

· phone call [fon kɔl] （打）電話

10 There <u>is a</u> **bee flying** over my **nose**.

有一隻蜜蜂在我鼻子上方飛來飛去。

重點直擊

・is 和後面的 a 要連在一起唸。

・over [`ovɚ] 在～之上 prep.

致勝關鍵 KeyPoints

★常見昆蟲的英文

英文	中譯	英文	中譯
butterfly	蝴蝶	bee	蜜蜂
mosquito	蚊子	fly	蒼蠅
ant	螞蟻	cockroach	蟑螂
gecko	壁虎	earthworm	蚯蚓
spider	蜘蛛	centipede	蜈蚣

常考句型
12

it 的句型

🎧 2-01-12.mp3

發音提示　粗體套色字為重音，加底線者為連音。

1 It is her **hope** to **see** her **son** to be a **lawyer**.

她的願望是能見到兒子成為律師。

重點直擊

· it is one's hope to ~，意思是「某人的願望是～」。

ex It is Jim's hope to get all passing grades this term.
吉姆的願望這學期能通過所有考試。

· lawyer [`lɔjɚ] 律師 n.

2 It is **unusual** for you to **get** up **so early**.

你這麼早起真是稀奇。

重點直擊

· unusual [ʌn`juʒʊəl] 不尋常的；稀有的 adj. ↔ usual [`juʒʊəl] 平
常的 adj.

ex He got up earlier than usual.
他比平常還早起。

- get up 起床，兩個單字連在一起，唸成 [gɛtʌp]。

---

3 It is **very nice** of you to **invite** us to the **feast**.

你人真好，邀請我們來吃大餐。

重點直擊

- invite [ɪn`vaɪt] 邀請 v.，invite us 兩個單字連在一起，唸成 [ɪn`vaɪtʌs]。
- feast [fist] 盛宴 n.
- it is very nice of + 人，意思是「～人很好」。
  - (ex) It is very nice of his father to drive you home.
    他爸爸人真好，載你回家。

---

4 It is **impolite** that you **leave** the **table** too **early**.

太早離開餐桌是不禮貌的。

重點直擊

- it 和後面的 is 要連在一起唸。
- leave [liv] 離開 v.，注意 "ea" 要發長母音 [i]。

210

It is **wise** for her to **join** our **side**.

她參加我們的陣營是明智之舉。

重點直擊

- wise [waɪz] 明智的 adj.
- join [dʒɔɪn] 加入 v.，side [saɪd] 一派；一方 n. → join one's side
  加入～的一方

 It **seems** that **pink** is the **color** of the **season**.

粉紅色似乎是這一季當紅的顏色。

重點直擊

- seem [sim] 看起來 v.
- pink [pɪŋk] 粉紅色 n.

 It is **not likely** to **build** a **house single-handed**.

一個人不可能獨自蓋好房子。

重點直擊

- likely [`laɪklɪ] 很可能 adv.
- build a 連在一起，唸成 [bɪldə]。
- single-handed [`sɪŋgl̩`hændɪd] 單獨地 adv.

8 It was **terrible walking** in the **forest** at **night** by **myself**.

晚上自己一個人走在森林裡很可怕。

重點直擊

- terrible [`tɛrəbl] 可怕的 adj.
- forest [`fɔrɪst] 森林 n.
- forest 要和後面的單字 at 連在一起唸。

9 It **rains very often** in **spring** and **winter**.

在春天和冬天時常下雨。

重點直擊

- spring [sprɪŋ] 春天，winter [`wɪntɚ] 冬天；fall [fɔl]、autumn [`ɔtəm] 秋天，summer [`sʌmɚ] 夏天。

10 It's **almost midnight**, and she is not **home yet**.

已經快半夜了，她還沒回家。

重點直擊

- almost [`ɔl‚most] 差不多 adv.
- midnight [`mɪd‚naɪt] 午夜；半夜 n.
- yet [jɛt] 還（沒） adv.，用於否定句。

常考句型
13

時態 I：現在式／進行式 🎧 2-01-13.mp3

發音提示　粗體套色字為重音，加底線者為連音。

---

1 **Tina goes** to **work** at 9 **a.m.** and **comes** off **work** at 5 **p.m.**

蒂娜早上九點上班，下午五點下班。

重點直擊

· a.m. 午前；上午＝A.M. , p.m. 午後；下午＝P.M. , 注意 A.M. 和 P.M. 是縮寫，不需要連在一起發音，只要唸字母即可。

· come off 離開 → come off work 下班

---

2 My **family usually spends weekends** in the **country**.

我們家通常在鄉下度過週末。

重點直擊

· spend [spɛnd] 花（錢；時間）v.

· country [`kʌntrɪ] 鄉下；國家 n. , 在這裡是「鄉下」的意思。

213

③ He **smiles** as **brightly** as the **sunshine**.

他的笑容跟陽光一樣燦爛。

重點直擊

- as ~ as 跟～一樣，as ~ as 之間的形容詞／副詞以重音表達。
- sunshine [`sʌn͵ʃaɪn] 陽光 n.

---

④ The **sun rises** from the **east every morning**.

太陽每天早晨從東方升起。

重點直擊

- rise [raɪz] 上升 v. ↔ fall [fɔl] 落下 v.
  (ex) The boy falls from the car.
  這個男孩從車上跌下來。

---

⑤ Most of the **students** are at the **playground**.

大部分的學生都在操場上。

重點直擊

- most [most] 大部分 → most of + 複數名詞，意思是「大部分的～」，most 和後面的 of 要連在一起唸。
  (ex) most of flowers　大部分的花
  (ex) most of people　大部分的人
  (ex) most of work　大部分的工作
- playground [`ple͵graʊnd] 遊戲場；操場 n.

6 **I am always making the same mistake.**

我老是在犯同樣的錯誤。

重點直擊

· mistake [mɪˋstek] 錯誤 n. → make a / the mistake 犯錯

7 **The puppies are playing with each other in the garden.**

這些小狗正在花園裡互相玩耍。

重點直擊

· puppy [ˋpʌpɪ] 小狗，幼犬 n.，複數則是 puppies。
· each other 彼此，互相

8 **My brother and his friend are playing chess downstairs.**

我弟弟和他朋友正在樓下下棋。

重點直擊

· chess [tʃɛs] 西洋棋 n. → play chess 下棋
· downstairs [ˏdaʊnˋstɛrz] 在樓下 adv. ↔ upstairs [ˋʌpˋstɛrz] 在樓上 adv.
  (ex) You can find him upstairs.
    你可以在樓上找到他。

215

9 Are you **telling** me you **forgot** to **do** it?

你是說，你忘記做了嗎？

重點直擊

- forgot 的字尾"t"同下一個字 to 的字首，只要發一個 [t] 的音。
- 這句為是非問句，因此句尾的語調要上揚。

10 Is **anybody using** the **computer** right **now**?

現在有任何人在使用電腦嗎？

重點直擊

- right now 就是現在

常考句型
14

時態 II：過去式／
完成式／未來式

🎧 2-01-14.mp3

發音提示　粗體套色字為重音，加底線者為連音。

・・・・・・・・・・・・・・・・・・・・・・・・・・・・・・・

1　We **went** to the **night market** to **have** some **snacks**.

我們去夜市吃了一些點心。

重點直擊

・ went 的字尾 "t" 同下一字 to 的字首，只要發一個 [t] 的音。

・ market [`markɪt] 市場 n. → night market 夜市

・・・・・・・・・・・・・・・・・・・・・・・・・・・・・・・

2　He **didn't tell** me he would be **back today**.

他沒告訴我，他今天會回來。

重點直擊

・ didn't 的字尾與下一字 tell 的字首都是 "t"，只要唸一個 [t] 的音。

・・・・・・・・・・・・・・・・・・・・・・・・・・・・・・・

③ Did she just **say** she would **handle** it?

她剛剛有說她會處理嗎？

重點直擊

- handle [`hændl] 處理 v.
- 這句為是非問句，因此句尾的語調上揚。

④ I have **heard** the **ghost story many times**.

那則鬼故事我已經聽過很多遍了。

重點直擊

- heard [hɝd] 是 hear「聽」的過去分詞。
- ghost [gost] 鬼 n. → ghost story 鬼故事

⑤ We **haven't seen each other** since the **graduation**.

我們自從畢業典禮之後，就沒見過對方了。

重點直擊

- seen [sin] 是 see「看見」的過去分詞。
- graduation [͵grædʒʊ`eʃən] 畢業；畢業典禮 n.

⑥ She has **not talked** to me at all since we **had** the **fight**.

自從我們吵架以後，她就沒跟我說過話。

重點直擊

· not ～ at all 全然沒有～，at all 連在一起唸成 [ætɔl]。

· fight [faɪt] 爭吵 n. → have a / the fight with ～ 與～發生爭吵

   ⓔⓧ Mark had a fight with his classmate yesterday.
       馬克昨天和他的同學吵架了。

7 He has just **finished** the **conversation** with his **teacher**.

他剛結束跟老師的談話。

重點直擊

· conversation [ˌkɑnvəˈseʃən] 談話；非正式會談 n. → have conversation with ～ 與～談話；finish the conversation with ～ 結束與～的談話

8 Has anyone **seen** the **notebook** I **left** on the **desk**?

有沒有人看到我放在桌上的筆記本？

重點直擊

· notebook [ˈnotˌbʊk] 筆記本；筆記型電腦 n.

· left on 二個單字連在一起，唸成 [lɛftən]。

⑨ The **flight** will **arrive** in ten minutes.

這班班機在十分鐘後就會抵達。

重點直擊

- flight [flaɪt]（飛機的）班次 n.
- in 在～以後 prep. → in ten minutes 在十分鐘後
- arrive 和 in 二個單字要連在一起唸。

⋯⋯⋯⋯⋯⋯⋯⋯⋯⋯⋯⋯⋯⋯⋯

⑩ The **little girl** is going to **burst** into **tears**.

這個小女孩就快要哭起來了。

重點直擊

- burst [bɝst] 爆發 v.，tear [tɪr] 眼淚 n. → burst into tears 突然哭 起來

⋯⋯⋯⋯⋯⋯⋯⋯⋯⋯⋯⋯⋯⋯⋯

連接詞 I：對等連接詞 🎧 2-01-15.mp3

發音提示　粗體套色字為重音，加底線者為連音。

① The **maid bought eggs** and **milk**.

這位女傭買了雞蛋和牛奶。

重點直擊

・ maid [med] 侍女；女僕 n.

② The **movie star** is both **handsome** and **charming**.

那個電影明星又帥又迷人。

重點直擊

・ both ～ and ～ 既～又～ → both handsome and charming 又帥又迷人，both 和 and 後面的形容詞通常會發重音。

　ex His brother is both tall and fat.

　　他弟弟又高又胖。

221

3 He is **not only** my **teacher but also** my **friend**.

他不僅是我的老師,也是我的朋友。

重點直擊

- not only ~ but also ~ 不但~而且~,not 和後面的 only 要連在一起唸。

4 He **goes** after **wealth** as well as **fame**.

他追逐名利。

重點直擊

- go after 追求
- as well as 和
- wealth [wɛlθ] 財富 n.
- fame [fem] 名氣 n.

5 **Mom** is either in the **kitchen** or in the **balcony**.

媽媽不是在廚房,就是在陽台。

重點直擊

- either ~ or ~ 不是~就是~

  (ex) The driver of the truck either drunk or asleep.

  那個卡車司機不是喝醉了,就是睡著了。

- balcony [`bælkənɪ] 陽台 n.

Neither he nor she **knows** the **correct answer**.

他和她兩人都不知道正確的答案。

重點直擊

· neither ~ nor ~ 既不~也不~

ex He ate neither lunch nor dinner.

他沒有吃午餐,也沒有吃晚餐。

· correct [kə`rɛkt] 正確的 adj.

 The **people** in this **village** are **poor**, but they are **kind**.

這座村子的人很窮,卻很親切。

重點直擊

· village [`vɪlɪdʒ] 村莊 n.

· poor [pʊr] 貧窮的 adj.

 I **tried** to **grab** his **hand**; **however**, it was **too late**.

我試著要抓他的手,卻還是太遲了。

重點直擊

· grab [græb] 抓住;抓取 v.

· however [haʊ`ɛvɚ] 然而;卻 adv.

223

9 He was in a good mood, so he **hugged everyone**.

他心情很好,所以擁抱了每個人。

重點直擊

- was 和後面的 in 要連在一起,唸成 [wɑzɪn]。
- mood [mud] 心情 n. → in a ~ mood 處於~的心情
- hug [hʌg] 擁抱 v.

● ●

10 **Indeed money** is **important**, but it is **not everything**.

的確錢是很重要,但它並不是一切。

重點直擊

- indeed ~ but ~,意思是「的確~不過~」。

  (ex) The girl is indeed young, but she is intelligent.
  這個女孩的確很年輕,卻很聰穎。

● ●

常考句型 16

連接詞 II：從屬連接詞

 2-01-16.mp3

發音提示　粗體套色字為重音，加底線者為連音。

● ●

1 You **can't** just **say whatever** you **want** to **say**.

你不能想說什麼就說什麼。

重點直擊

- whatever [hwɑtˋɛvɚ] 任何～的事物 pron.
- want 的字尾與下一字 to 的字首都是 "t" 連在一起唸，只發一個 [t] 的音。

● ●

2 Did the **teacher mention** when we should **turn** in the **paper**?

老師有提到我們什麼時候要交報告嗎？

重點直擊

- mention [ˋmɛnʃən] 提到 v.
- turn 和後面的 in 要連在一起，唸成 [tɜ-nɪn]。

● ●

③ I **believe** that he **didn't mean** to **lie** about his **age**.

我相信他不是故意要謊報他的年齡。

重點直擊

- mean [min] 故意 v. → mean to ~ 有意做~
- lie [laɪ] 說謊 v. → lie about ~ 對~撒謊

---

④ **Nobody knows** whether she will **come** or **not**.

沒人知道她會不會來。

重點直擊

- whether [`hwɛðɚ] 是否（後面接子句） conj.

---

⑤ This is the **necklace** which my **mother gave** me.

這是我媽媽給我的項鍊。

重點直擊

- necklace [`nɛklɪs] 項鍊 n.

---

⑥ She **didn't tell** me why she **quit**.

她沒告訴我，她辭職的原因。

重點直擊

- why 這裡是關係副詞「為什麼；~的原因」，這題的 why she quit 是指「她辭職的原因」。

(ex) That's the reason why I love you.
那就是我愛你的原因。

· quit [kwɪt] 【口】辭職 v.

---

7 It will **not** be **long** before the **sun rises**.

不久太陽就會升起。

重點直擊

· rise [raɪz] 上升 v. → the sun rises 太陽升起,「日出」的名詞則
是 sunrise。

---

8 Everything **turned golden** and **bright** the **moment day broke**.

天一亮的瞬間,所有的東西都變成金亮又閃耀。

重點直擊

· turn [tɜn] 轉變 v.
· golden [`goldn] 金色的 adj.
· moment [`moment] 時刻 n.

---

9 He **didn't** go to **school** because he was **sick**.

他因為生病,就沒有來上學。

重點直擊

- sick [sɪk] 生病的 adj.

10 Does anyone **know** how to **solve** this **question**?

有人知道怎麼解決這個問題嗎？

重點直擊

- solve [sɑlv] 解答（題目） v.

常考句型 17

不定代名詞

🎧 2-01-17.mp3

發音提示　粗體套色字為重音，加底線者為連音。

---

1 Either of the **dresses looks great** on you.

這兩件洋裝，你穿哪一件都好看。

重點直擊

- either [ˈiðɚ]（兩者之中）任一的 adj.
- dress [drɛs] 洋裝 n.
- (clothes) look(s) great on 人，意思是「某人穿～很好看」。

  ex The pants look great on him.
  他穿這件褲子很好看。
- great 和 on 要連在一起，唸成 [gretan]。

---

2 I **didn't read** any of the **books** you **talked** about.

你提到的任何書我都沒讀過。

重點直擊

- read 和 any 要連在一起，唸成 [ridɛnɪ]。
- talked 的字尾 ed 和 about 的字首 a 要連在一起，唸成 [tə]。

3 Is there **anything** you **want**_to **tell** me?

你有什麼事情要跟我說的嗎？

重點直擊

· want 的字尾與下一單字 to 的字首都是 "t"，只唸一個 [t] 的音。

4 The **woman believes** her **son** will **come back** some **day** or other.

這個女人相信她兒子遲早會回來。

重點直擊

· some day or other，意思是「遲早」。

5 Every **kid likes popcorns** and **soda**.

每個小朋友都喜歡爆米花和汽水。

重點直擊

· popcorn [`pɑpˌkɔrn] 爆米花 n.
· soda [`sodə] 汽水 n.

6 None of_us **thought** the **plan** would **work** out.

我們沒有一個人認為這項計畫會成功。

重點直擊

- work out 意思是「有好的或特定的結果」，兩個單字為連音，唸成 [wɝkaʊt]。

---

7 All of the **law books** are **difficult** to **read**.

所有法律書籍都很艱澀難懂。

重點直擊

- law [lɔ] 法律 n. → law book 法律書籍
- difficult 的字尾和下一個單字 to 的字首都是 "t"，只要發一個 [t] 的音。

---

8 Both of the **pies look delicious**.

這兩個派都看起來很美味。

重點直擊

- pie [paɪ] 派；餡餅 n.
- delicious [dɪˋlɪʃəs] 美味的 adj.

---

9 **Not** every **person** can be a **president**.

不是每個人都可以成為總統。

重點直擊

- not every ~ ，意思是「不是每一個~」，這是部份否定的用法。
- president [ˋprɛzədənt] 總統 n.

231

Neither of them **felt sorry** about the **mistake** they **made**.

他們兩個都沒為他們所犯的錯誤感到愧疚。

重點直擊

· feel sorry about，意思是「對～感到抱歉」；feel sorry for，意思是則是「為～感到可惜」。

ex Jason feels sorry about broken the window.

傑森對打破窗戶感到抱歉。

● ●

常考句型
18

被動語態

🎧 2-01-18.mp3

發音提示　粗體套色字為重音，加底線者為連音。

1　The **rag doll** was **made** by my **mother**.

這個布娃娃是我媽媽做的。

重點直擊

・rag doll [ræg dal] 布娃娃

2　A **mouse** was **run** over by a **car**.

一隻老鼠被車子輾過。

重點直擊

・run over 輾過

　ex The bus ran over the shoe.

　　那台公車輾過那隻鞋子。

233

3 The **treasure** will be **found** some **day** in the **future**.

未來總有一天那個寶藏會被找到的。

重點直擊

- treasure [`trɛʒɚ] 珍寶；金銀財寶 adj.
- found [faʊnd] 是 find「找」的過去分詞。
- some day 總有一天

4 His **parents** were **killed** in a **car accident** a **long time** ago.

他的父母很久以前就在一場車禍中身亡了。

重點直擊

- long time ago 很久以前

5 The **truck** is being **loaded** with **apples**.

這台卡車正裝載著蘋果。

重點直擊

- load [lod] 裝載 v. → loaded with ~ 裝載～

致勝關鍵 KeyPoints

★馬路上常見交通工具的英文

英文	中譯	英文	中譯
car	汽車	bus	公車
train	火車	taxi	計程車
bicycle	腳踏車	motorcycle	摩托車
van	廂型貨車	dump truck	砂石車
limousine	大型豪華轎車	jeep	吉普車
Recreation Vehicle = RV	大型休旅車	Sport Utility Vehicle = SUV	運動型休旅車

6 The **letter** must be **handed** to her in **person**.

這封信必須親自交給她。

重點直擊

· hand [hænd] 交給 v.

· in person 親自，本人

ex The manager will visit you in person.
那位經理將會親自來拜訪你。

7 The **workers** will be **paid** by **Monday**.

這些工人在星期一前會得到工資。

重點直擊

· paid [ped] 是 pay「付錢；付薪資」的過去分詞。
· by 在～之前 prep.

• •

⑧ The **child** will be **looked** after by his **aunt**.

這個小孩將會交給他的嬸嬸照顧。

重點直擊

· look after 人／物，意思是「照看，照顧～」。

• •

⑨ **Mary** was **elected** to be the **class leader**.

瑪麗被選為班長。

重點直擊

· elect [ɪˋlɛkt] 選舉 v.
· leader [ˋlidɚ] 領導者 n. → class leader 班長

• •

⑩ The **baby** was **named** after her **grandmother**.

這個寶寶是以她的祖母的名字來命名的。

重點直擊

· named after ～，意思是「以～的名字來命名」。

• •

常考句型
19

表示地方／位置／時間 的介系詞

🎧 2-01-19.mp3

發音提示 粗體套色字為重音，加底線者為連音。

---

1 My **parents** will **visit** me at the **end** of the **month**.

我爸媽在月底會來看我。

重點直擊

- parents [`pɛrəntz] 父母親 n.，因為指的是父親和母親兩個人，
  所以是複數。
- end 和後面的單字 of 要連在一起，唸成 [ɛndav]。

---

2 The **white boat** by the **lake** is mine.

湖邊的白色小船是我的。

重點直擊

- lake [lek] 湖 n.，by 在～旁邊 adj. → by the lake 在湖邊

3 The **clerk took** out a **box** from under the **desk**.

這位店員從桌子底下拿出一個盒子。

重點直擊

- clerk [klɝk] 店員 n.
- took out 是 take out 「拿出；取出」的過去式。
- 動詞 took 和介系詞 out 要連在一起，唸成 [tʊkaʊt]。

4 The **coffee shop opens** at 10:30 and **closes** at **midnight**.

這家咖啡館在十點半營業，午夜才打烊。

重點直擊

- coffee shop 咖啡館
- 10:30 唸成 ten-thirty「十點三十分」。
- opens 和 closes 的字尾 s/es 要和 at 連在一起唸。

5 The **treasure** is beneath our **feet**.

寶藏就在我們的腳下。

重點直擊

- beneath [bɪˋniθ] 在～下方 prep.
  (ex) The cat is beneath the sofa.
  這隻貓在沙發下。

Our **farm** is **located** to the **south** of the **city**.

我們的農場位於這座城市的南方。

重點直擊

- locate [loˋket] 位於 v.

    ex The taxi station is located next street.
    計程車招呼站就位於下一條街上。

- south [saʊθ] 南方 n. → to the south of ~ 在～的南方

 He **parked** the **car** in **front** of the **house**.

他把車停在房子的前面。

重點直擊

- front [frʌnt] 前面 n. → in front of ~ 在～的前面
- 名詞 front 和介系詞 of 要連在一起，唸成 [frʌntav]。

 I **saw** a **strange man run** towards the **bank**.

我看見一個奇怪的人往銀行跑去。

重點直擊

- towards [təˋwɔrdz] 朝向 prep.

⑨ The **ship sailed** to **China** by **way** of **Hong Kong**.

這艘船經由香港開往中國。

重點直擊

- by way of 經由;經過
  ⓔⓧ They came to Taipei here by way of Hsinchu.
  他們經由新竹來到台北。

⑩ He **begged** for **food** from **door** to **door**.

他挨家挨戶去乞討食物。

重點直擊

- begged [bɛgd] 乞討 v.(beg 的過去式)→ beg for 乞討(事物)
- from door to door 挨家挨戶 = from house to house
  ⓔⓧ The salesman visited the community from door to door. =
  The salesman visited the community from house to house.
  這位推銷員挨家挨戶地拜訪這個社區。

常考句型
20

動名詞

🎧 2-01-20.mp3

發音提示　粗體套色字為重音，加底線者為連音。

1　**According** to the **latest research**, **swimming** is **good** for **babies**.

根據最新的研究，游泳對嬰兒有益。

重點直擊

- according to 根據
- latest [`letɪst] 最新的 adj.
- research [rɪ`sɜˌtʃ] 研究 n.

2　I **can't believe** you **spent** the **vacation watching** TV at **home**.

我不敢相信，你居然假期都待在家裡看電視。

重點直擊

- 主詞 + can't believe + 子句，意思是「某人無法相信某事」。

(ex) His mother can't believe he killed his friend.
他的媽媽無法相信他竟然殺了他的朋友。

· vacation [ve`keʃən] 假期 n.

 My **father** is **not good** at **expressing** himself.

我爸爸不善於表達自己。

【重點直擊】

· not good at ~ 不善於 ↔ good at ~ 善於

(ex) Steve is really good at social with others.
史提夫確實很善於與人交際。

· express [ɪk`sprɛs] 表達 v.

 Sailing around the **world** had been my **dream** when I was **little**.

航行全世界是我小時候的夢想。

【重點直擊】

· sail [sel] 航行 v.
· around the world 環繞世界
· little [`lɪtl] 年紀小的 adj.

⑤ **Studying Chinese** has **become** a **trend** in the **western world**.

學中文在西方世界成了一股潮流。

重點直擊

· trend [trɛnd] 潮流 n.

· western [`wɛstən] 西方的 adj. → western world 西方世界

⑥ We **enjoy looking** at the **old photos** in our **free time**.

我們喜歡在閒暇之餘看看舊照片。

重點直擊

· photo [`foto] 照片 n.

· free [fri] 空閒的 adj. → in one's free time 在（某人）空閒的時候

⑦ She has been **busy cooking dinner** in the **kitchen**.

她一直在廚房裡忙著做晚飯。

重點直擊

· busy＋Ving，意思是「忙於做～」。

(ex) The students are busy studying.
這些學生們正忙著學習。

243

8 The **master told** me that the **fence needed** painting.

這位僱主跟我說，柵欄需要油漆了。

重點直擊

- master [`mæstɚ] 僱主；大師 n.，這裡是「僱主」的意思。
- fence [fɛns] 柵欄 n.

9 She is **proud** of being both **rich** and **beautiful**.

她對自己的財貌雙全感到驕傲。

重點直擊

- proud [praʊd] 驕傲 adj. → be 動詞 + proud of ~ 為~感到驕傲
  ex Father always is proud of his son.
  父親一直以他的兒子為傲。
- proud 和 of 要連在一起，唸成 [praʊdav]。

10 He is **fond** of **teaching children English**.

他很喜歡教小朋友英文。

重點直擊

- fond [fand] 喜愛的 adj. → be 動詞 + fond of ~ 喜愛~
  ex Jean is fond of swimming in the sea.
  珍喜歡在海裡游泳。
- fond 和 of 要連在一起，唸成 [fandav]。

常考句型
21

不定詞

🎧 2-01-21.mp3

發音提示　粗體套色字為重音，加底線者為連音。

① I **don't know** what to **do** with such a **crying baby**.

我不知道要怎麼應對哭泣的嬰兒。

重點直擊

・such a 要連在一起，唸成 [sʌtʃə]。

② There's **no easy way** to **make money**.

沒有容易賺錢的方式。

重點直擊

・make money 賺錢

③ We still **have plenty** of **time** to **plan** for the party.

我們仍有許多時間來籌辦這個派對。

重點直擊

· plenty [`plɛntɪ] 充足 n. → plenty of + n. 充足的～

(ex) They eat plenty of fruit every day.
他們每天吃充足的水果。

 4

She **did remember** to **take** an **umbrella** with her this **time**.

她這次的確記得隨身帶雨傘了。

重點直擊

· did 在這一句表示強調語氣。

· time 次；回 n. → this time 這一次

· take 和 an 要連在一起，唸成 [tekæn]。

 5

It **seems** the **lady** is about to **pass** out at any **moment**.

看起來那位女士好像隨時就要昏倒了。

重點直擊

· about to 即將～

· pass out 昏倒，兩個單字連在一起，唸成 [pæsaʊt]。

· at any moment 不知何時地，隨時地

246

6 To **tell** you the **truth**, we have **run** out of **gas**.

老實告訴你，我們的汽油已經用完了。

重點直擊

· run out of 用完了～

· out 和 of 要連在一起，唸成 [aʊtəv]。

· gas [gæs] 汽油 n.

---

7 It is **wonderful** to **stay** in the **country** on **weekends**.

週末在鄉下小住是件很愜意的事。

重點直擊

· stay [ste] 暫住 v.

· weekend [`wik`ɛnd] 週末 n. → on weekends 在週末的時候，注意 weekends 的尾音 s 不要忘記唸。

---

8 The **teacher told** the **students** to **pay attention** in **class**.

這位老師叫學生上課要專心。

重點直擊

· attention [ə`tɛnʃən] 注意 n. → pay attention 關心；注意

9 He **wore gloves** to **keep** his **hands warm**.

他戴手套讓雙手保持暖和。

重點直擊

- wore [wor] 穿戴 v.（wear 的過去式）
- glove [glʌv] 手套 n.

10 I **like** to **have** a **cup** of **hot coffee** in the **afternoon**.

我喜歡在下午喝杯熱咖啡。

重點直擊

- cup [kʌp] 茶杯 n. → a cup of ~ 一杯~
- have 和 a 要連在一起，唸成 [hævə]。

常考句型
22

程度副詞

🎧 2-01-22.mp3

發音提示　粗體套色字為重音，加底線者為連音。

---

1 It was **almost midnight** when we **left** the **theater**.

我們離開電影院時，幾乎快午夜了。

重點直擊

- almost [`ɔl͵most] 幾乎 adv.
- midnight [`mɪd͵naɪt] 午夜 n.
- theater [`θɪətɚ] 劇院；電影院 n.

---

2 The **careless driver nearly hit** the **boy** at the **crossroad**.

那個粗心的駕駛差一點在十字路口撞到那個小男孩。

重點直擊

- careless [`kɛrlɪs] 粗心的 adj.
- nearly [`nɪrlɪ] 幾乎，差不多 adv.

249

③ The **summer** in **Taiwan** is **quite hot** and **humid**.

台灣的夏天很炎熱又潮濕。

重點直擊

- quite [kwaɪt] 相當，很 adv.
- humid [ˋhjumɪd] 潮濕的 adj.

④ I **felt rather upset hearing** the **bad news**.

聽到那則壞消息，我感到相當沮喪。

重點直擊

- rather [ˋræðɚ] 相當，頗 adv.
- upset [ʌpˋsɛt] 心煩的 adj.

⑤ The **last two lines** of the **poem** are a **little confusing**.

這首詩的最後兩句有一點教人摸不著頭緒。

重點直擊

- poem [ˋpoɪm] （一首）詩 n.
- a little + adj.，意思是「有些～；有一點～」。
  - ⒠Ⓧ a little sad　有點難過
  - ⒠Ⓧ a little big　有點大
  - ⒠Ⓧ a little tired　有點累

6 I can **hardly remember** the **position** of the **house**.

我幾乎記不得那棟房子的位置了。

重點直擊

- hardly [`hɑrdlɪ] 幾乎不 adv.
- position [pə`zɪʃən] 位置 n.

- -

7 We **need** a **truck big enough** to **carry all** these **things**.

我們需要一輛夠大的卡車來載運這些所有東西。

重點直擊

- need 和 a 要連在一起，唸成 [nidə]
- truck [trʌk] 卡車 n.
- adj. + enough，意思是「夠～的」。
  - (ex) big enough　夠大的
  - (ex) good enough　夠好的
  - (ex) smooth enough　夠光滑的

- -

8 My **life** was **greatly changed** after the **accident**.

在那場意外之後，我的人生有了大轉變。

重點直擊

- greatly [`gretlɪ] 大大地 adv.
- accident [`æksədənt] 事故；意外事件 n.

- -

9

Don't walk too fast or I **can't catch** up with you.

不要走太快，不然我會跟不上你。

重點直擊

- 這句的 or 是指「否則」的意思。
- catch up 追上；趕上，兩個單字連在一起，唸成 [kætʃʌp]。

10

He is **so sad** that he **can't work**.

他難過到無法工作。

重點直擊

- so ~ that ~ 如此～以致於～

常考句型
23

頻率／持續時間

🎧 2-01-23.mp3

發音提示　粗體套色字為重音，加底線者為連音。

- -

1　I **used** to **go mountain climbing** on<u>ce</u> a **week**.

我過去經常一個禮拜爬山一次。

重點直擊

- used to ~ 過去經常～
- once [wʌns] 一次 adv. → once a week 一星期一次
- once 和 a 要連在一起，唸成 [wʌnsə]。

- -

2　**Usually** we **feed** the **dog twi**<u>ce</u> a **day**.

我們通常一天餵兩次狗。

重點直擊

- feed [fid] 餵食 v.
- twice [twaɪs] 兩次 adv. → twice a day 一天兩次
- twice 和 a 要連在一起，唸成 [twaɪsə]。

- -

3 He had been **told** off by his **mom** for **almost two hours**.

他被媽媽罵了幾乎快兩個鐘頭。

重點直擊

· tell off 斥責，被動式是 be told off 被責罵，told 和 off 要連在一起，唸成 [tɔldɔf]。

4 Why do you **often dress** in **white**?

你為什麼常常穿得一身白？

重點直擊

· dress in (color)，意思是「穿著～顏色」。

ex dress in red　穿著紅色

ex dress in purple　穿著紫色

ex dress in pink　穿著粉紅色

5 She **says** her **prayers every night** before she **goes** to **bed**.

她在每晚睡覺前都會禱告。

重點直擊

· prayer [prɛr] 祈禱式 n. → say one's prayer 祈禱；做禱告

· go to bed 上床睡覺

6 Lots of **visitors come** to this **island** during the **summer vacation**.

暑假期間，許多觀光客會來這座島上。

重點直擊

- lots 和 of 要連在一起，唸成 [latsav]。
- island [`aɪlənd] 島嶼 n.
- vacation [ve`keʃən] 假期 n.

7 The **teacher asked** us to **speak English all** the **time** in **class**.

這位老師要求我們在課堂上要一直說英文。

重點直擊

- ask [æsk] 要求 v.，asked 和 us 要連在一起，唸成 [æsktʌs]。
- all the time 一直；向來

  (ex) The baby cried all the time.
  這個嬰兒一直在哭。

8 She's been **hiding** in her **room** for a **whole week**.

她已經躲在她的房間裡一整個禮拜了。

重點直擊

- whole [hol] 整個的 adj. → whole week 整個禮拜

255

9 We **occasionally run** into **each other** on the **streets**.

我們偶爾會在街上遇到對方。

重點直擊

· occasionally [əˋkeʒənḷɪ] 偶爾 adv.

· run into 偶然碰到

(ex) She ran into ex-boyfriend yesterday in the party.

她昨天在派對上遇見前男友。

10 The **garbage truck always collects garbage** at **six**.

垃圾車總是在六點來收垃圾。

重點直擊

· garbage [ˋgɑrbɪdʒ] 垃圾 n. → garbage truck 垃圾車

· collect [kəˋlɛkt] 收集 v. → collect garbage 收垃圾

常考句型
24

數字／百分數

🎧 2-01-24.mp3

發音提示　粗體套色字為重音，加底線者為連音。

---

① **Miss Jones** was **born** on **June 3rd, 1984**.

瓊斯小姐出生於一九八四年六月三日。

重點直擊

- June [dʒun] 六月 n.
- June 3rd, 1984 的唸法為：June third, nineteen eighty-four.

---

② The **meeting** will **start** at **two o'clock sharp**.

這場會議將在兩點整開始。

重點直擊

- sharp [ʃɑrp] 整（指時刻） adv. → two o'clock sharp 兩點整

---

③ 76% of the **college students** are **worried** about their **future**.

百分之七十六的大學生對他們的未來感到擔憂。

重點直擊

· 76% 的唸法為 seventy-six percent。

· percent [pə`sɛnt] 百分之一 n.

---

4 My **telephone number** is 8845-0800.

我的電話號碼是 8845-0800。

重點直擊

· 電話號碼 8845-0800 的唸法是：double eight four five zero eight hundred.

兩個相連的數目重複可說 double ~

800 可以唸成 eight hundred.

---

5 This **small country** has **only** one **million people**.

這個小國家只有一百萬的人口。

重點直擊

· million [`mɪljən] 百萬 n.

---

6 The **car cost** me 300,000 **dollars**.

這輛車花了我三十萬元。

重點直擊

· 300,000（三十萬）唸成：three hundred thousand.

7 You have to **work double hard** to **catch** up to others.

你要加倍努力才能趕上其他人。

重點直擊

· double [`dʌbl] 雙倍 adv.
· catch up 趕上，這個片語要連在一起，唸成 [kætʃʌp]。

8 She **gave** the **beggar half** of her **food**.

她把一半的食物分給了乞丐。

重點直擊

· beggar [`bɛgɚ] 乞丐 n.
· half [hæf] 一半 n.

9 The **temperature reached 38.5 degrees** today.

今天的氣溫達到了 38.5 度。

重點直擊

· temperature [`tɛmprətʃɚ] 溫度 n.

・ 38.5 degrees「38.5 度」，唸成：thirty-eight point five degrees.

- -

 2/3 of the **students** were **late today**.

今天有三分之二的學生都遲到了。

重點直擊

・ 2/3 唸成：two thirds.

- -

常考句型
25

比較級／最高級

🎧 2-01-25.mp3

發音提示　粗體套色字為重音，加底線者為連音。

---

①

Nowadays parents put more **emphasis** on **educating** their **children**.

現在的父母更重視孩子的教育。

重點直擊

· emphasis [`ɛmfəsɪs] 重視 n. → put emphasis on ~ 重視～

(ex) We put emphasis on quality rather than on quantity.
　　我們是重品質而不重數量的。

---

②

British people are much **friendlier** than I **expected**.

英國人比我預期得更加友善。

重點直擊

· British [`brɪtɪʃ] 英國的 adj.
· expect [ɪk`spɛkt] 預期 v.

261

3 The **better I know** you, the **more I like** you.

認識你越多，我就越喜歡你。

重點直擊

· the more ~, the more ~，意思是「越～，就越～」。

4 **Peter** is **smarter** than any other **students** in his **class**.

彼得比他班上的其他學生都來得聰明。

重點直擊

· 比較級形容詞 + than any other ~，意思是「比其他的～都來得更～」。

ex You are harder than any other workers.
你比任何其他員工都更努力。

5 **Nothing** could be **better** than **having hot** chocolate in **winter**.

沒有什麼比在冬天喝熱巧克力更棒的事了！

重點直擊

· nothing could be better than ~，意思是「沒有什麼比～更好的了」。

6 It is the **best hat** we **have** in this **shop**.

這頂是我們店裡最好的帽子了。

重點直擊

· have in 兩個單字要連在一起，唸成 [hævɪn]。

7 **Among all** the **flowers**, I **like lilies best**.

在所有的花當中，我最喜歡百合花。

重點直擊

· among [əˋmʌŋ] 在～之中 prep.
· like ~ best 最喜歡～

8 It is the **biggest cake** that I've ever **seen**.

這是我見過最大的蛋糕。

重點直擊

· biggest [bɪgəst] 最大的 adj.，是 big 的最高級。

9 Do you **know** how much the **most expensive wine costs**?

你知道最貴的酒要花多少錢嗎？

重點直擊

· wine [waɪn] 酒 n.

PART **2**

致勝關鍵 **KeyPoints**

★常用酒類的英文

英文	中譯	英文	中譯
wine	葡萄酒	whiskey	威士忌
beer	啤酒	brandy	白蘭地
champagne	香檳	cocktail	雞尾酒

● ●

⑩ **Marrying** you **makes** me the **happiest man** in the **world**.

和你結婚讓我成為世界上最幸福的男人。

重點直擊

・marry [`mærɪ] 嫁；娶；和～結婚 v.

● ●

常考主題
短文 **1**

日記

🎧 2-02-01.mp3

主題短文 1-1

說明：請先利用一分鐘的時間閱讀試卷上的句子與短文，然後在一分鐘內以
　　　正常的速度，清楚正確的朗讀一遍。閱讀時請不要發出聲音。（以下
　　　皆以單篇文章各 30 秒）

　　Today was really not my day! I got up late in the morning. I missed the bus. My boss told me off when I got to the office. However, I didn't blame her. After all, it's the tenth time I being late this month. Then she gave me a heap of work. When I finished the work, it's almost midnight. I felt tired as well as sleepy. Yet it's good that finally the end of the day came.

發音提示　粗體套色字為重音，加底線者為連音，| 為斷句。

　　Today was **really not** my **day**! | I **got** up **late** in the **morning**. | I **missed** the **bus**. | My **boss told** me off when I **got** to the **office**. | **However**, | I **didn't blame** her. | After all, | it's the **tenth time** I being **late** this **month**. | Then she **gave** me a **heap** of work. | When I **finished** the **work**, | it's **almost midnight**. | I **felt tired** | as well as **sleepy**. | **Yet** | it's **good** that **finally** the **end** of the **day came**.

中文理解 　　　我今天的運氣糟透了！早上睡過了頭，錯過了公車。當我到辦公室的時候，老闆臭罵了我一頓。但是我不怪她，畢竟這是我這個月第十次遲到了。接著她給了我一堆的工作。當我完成這些工作時，已經幾乎快半夜了。我覺得又累又睏。然而值得慶幸的是今天總算結束了。

學習解析

單字、片語：

❶ miss [mɪs] 錯過 v.

❷ tell off 斥責 phr.

❸ blame [blem] 怪罪；責怪 v.

❹ heap [hip]（一）堆 n. → a heap of = lots of「一大堆的～」

　(ex) She had a heap of homework to do. =
　　　 She had heaps of homework to do.
　　　 她有一大堆功課要做。

常用句型：

not one's day 意思是「某人的運氣不好」。

　(ex) It is not Sherry's day!
　　　 雪莉今天真倒楣！

主題短文 1-2

說明：請先利用一分鐘的時間閱讀試卷上的句子與短文，然後在一分鐘內以
　　　正常的速度，清楚正確的朗讀一遍。閱讀時請不要發出聲音。（以下
　　　皆以單篇文章各 30 秒）

　　February 9th, 2005 was the most important day in my life. Johnny took me to a fancy restaurant for dinner. It's a lovely Italian restaurant. The food was delicious and the wine was excellent. After dinner, Johnny presented me a bouquet of roses. He was never a romantic boyfriend. I had never gotten one single flower from him before. Then he took out the ring and proposed to me. He said I'd make him the happiest man if my answer was "Yes". So I said "Yes" and made the two of us the happiest people on earth.

發音提示　　粗體套色字為重音，加底線者為連音，| 為斷句。

February 9th, | **2005** | was the **most important day** | in my **life**. | **Johnny took** me to a **fancy restaurant** for **dinner**. | It's a **lovely Italian** restaurant. | The **food** was **delicious** | and the **wine** was **excellent**. | After **dinner**, | **Johnny presented** me | a **bouquet** of **roses**. | He was **never** a **romantic boyfriend**. | I had **never gotten one single flower** from him before. | Then he **took** out the **ring** | and **proposed** to me. | He **said** | I'd **make** him the **happiest man** | if my **answer** was "**Yes**". | So I **said** "**Yes**" | and **made** the **two** of us | the **happiest people** on **earth**.

中文理解　　　　　　　2005 年 2 月 9 日是我人生中最重要的一天。強尼帶
　　　　　　　　我去一間精緻的餐廳吃晚餐。那是一間很美麗的義大利

餐廳。食物很好吃，而且酒也很棒。用完餐後，強尼送了我一束玫瑰。他從來就不是個浪漫的男朋友，我之前從未收過他送的花。接著他拿出了戒指、跟我求婚。他說，如果我答應的話，就會讓他成為最幸福的人。於是我答應了，並且讓我們兩個成為世界上最幸福的人。

學習解析

單字、片語：

❶ fancy [ˋfænsɪ] 別緻的 adj.

❷ lovely [ˋlʌvlɪ] 美麗的 adj.

❸ excellent [ˋɛksḷənt] 極好的；傑出的 adj.

❹ bouquet [buˋke] 花束 n.

❺ propose [prəˋpoz] 求婚 v. → propose to 人 「向某人求婚」

日期唸法：

February 9th, 2005 要唸成 February ninth, two thousand five。

致勝關鍵 KeyPoints

★常見花卉名稱的英文

英文	中譯	英文	中譯
lily	百合花	carnation	康乃馨
violet	紫羅蘭	tulip	鬱金香
sunflower	向日葵	daisy	雛菊
hyacinth	風信子	anthurium	火鶴花
peony	牡丹	orchid	蘭花

常考主題
短文 2

新聞／報章雜誌

🎧 2-02-02.mp3

主題短文 2-1

說明：請先利用一分鐘的時間閱讀試卷上的句子與短文，然後在一分鐘內以
　　　正常的速度，清楚正確的朗讀一遍。閱讀時請不要發出聲音。（以下
　　　皆以單篇文章各 30 秒）

The earthquake that happened last night killed at least eight people. Five people are reported missing. Most people still stay outside. They don't want to go inside for fear that there may be more earthquakes. Later we'll have Reporter Jones give us a detailed report.

(發音提示) 粗體套色字為重音，加底線者為連音，| 為斷句。

The ❶**earthquake** that **happened** last **night killed** ❷at **least eight** people. | **Five people** are **reported missing**. | Most **people** still **stay** ❸**outside**. | They **don't want** to **go** ❹**inside** | for fear that there may be more **earthquakes**. | ❺**Later** we'll have ❻**Reporter Jones** | **give** us a **detailed** ❼**report**.

中文理解　　　　　昨晚發生的地震造成至少八個人死亡、五個人失蹤。大多數的人仍然待在室外，不想進到屋內，因為他們害怕可能會有更多地震發生。接下來記者瓊斯會為我們帶來詳細的報導。

學習解析

單字、片語：

❶ earthquake [ˋɝθˌkwek] 地震 n.

❷ at least 至少；最少 phr.

❸ outside [ˋaʊtˋsaɪd] 在室外 adv.

❹ inside [ˋɪnˋsaɪd] 在室內 adv.

❺ later [ˋletɚ] 稍後 adv.

❻ reporter [rɪˋportɚ] 記者 n.

❼ report [rɪˋport] 報導 v.

常用句型：

for fear that ＋子句，意思是「擔憂～」

ex The game was canceled for fear that the typhoon would come tomorrow.
由於擔心明天會有颱風，這場比賽被取消了。

主題短文 2-2

說明：請先利用一分鐘的時間閱讀試卷上的句子與短文，然後在一分鐘內以
正常的速度，清楚正確的朗讀一遍。閱讀時請不要發出聲音。（以下
皆以單篇文章各 30 秒）

　　The closer Valentine's Day comes, the higher the price of flowers goes.
Now a red rose costs 30 dollars in market. Even though flowers are
expensive, money seems to be the least concern for lovers. All flower shops
are extremely busy taking orders. According to Miss Yang, an owner of a
lovely flower shop, a male customer even ordered 999 roses. 999 roses stand
for "the everlasting love". If you don't want to spend that much, one rose
will do as well. It means "you're my only love!"

發音提示　粗體套色字為重音，加底線者為連音，| 為斷句。

　　The **closer** **Valentine's Day** **comes**, | the **higher** the **price** of
flowers goes. | Now | a **red rose costs 30 dollars** in **market**. | Even
though **flowers** are **expensive**, | **money** seems to be the **least** **concern**
for **lovers**. | **All flower shops** are **extremely** busy taking orders. |
According to Miss Yang, | an **owner** of a **lovely flower shop**, | a **male**
customer even **ordered 999 roses**. | **999 roses** **stand for** | "the
everlasting **love**". | If you **don't want** to **spend** that **much**, | **one rose**
will do as well. | It **means** | "you're my **only love**!"

情人節越來越近，花的價格就飆得越高。現在市場上一朵紅玫瑰的價格是 30 元。即使花很昂貴，對情人們來說錢似乎是最不用擔心的事，所有花店的訂單都應接不暇。根據一間可愛花店的老闆楊小姐的說法，一位男客人甚至訂了 999 朵玫瑰。999 朵玫瑰代表「永恆的愛」。如果你不想花那麼多錢，只送一朵也是可以的。它的意思是「你是我的唯一！」

中文理解

學習解析

單字、片語：

❶ Valentine's Day [`vælən taɪns de] 情人節 n.

❷ price [praɪs] 價格 n.

❸ concern [kən`sɝn] 關心的事，重要的事 n.

❹ extremely [ɪk`strimlɪ] 非常 adv.

❺ stand for 代表 phr.

❻ everlasting [ˌɛvɚ`læstɪŋ] 永遠的 adj.

常用句型：

the 比較級 ~, the 比較級 ~，意思是「越～，就越～」

(ex) The harder you study, the better grades you will get.

你越認真讀書，成績就會越好。

even though，意思是「即使；雖然」

(ex) I wasn't upset even though I failed.

雖然失敗了，我並不氣餒。

數字唸法：

999 roses 唸成：nine hundred and ninety-nine roses。

主題短文 2-3

說明：請先利用一分鐘的時間閱讀試卷上的句子與短文，然後在一分鐘內以正常的速度，清楚正確的朗讀一遍。閱讀時請不要發出聲音。（以下皆以單篇文章各 30 秒）

According to the latest research, people who smile a lot live longer lives. It is because they suffer less from diseases like heart attacks or high blood pressure. Those who always keep long faces are the group in great danger of high blood pressure. The researcher recommended modern people to live an easier life. "Smiles not only make the world go around, but also make you live longer lives." he said.

發音提示　粗體套色字為重音，加底線者為連音，| 為斷句。

According to the **latest research**, | **people** who **smile** a lot | **live longer lives**. | It is because they **suffer less** from **diseases** | like **heart attacks** or **high blood pressure**. | Those who **always keep long** faces | are the **group** in **great danger** of **high blood pressure**. | The **researcher recommended** modern **people** | to **live** an **easier life**. | "**Smiles** not only make the **world go around**, | but also **make** you **live longer lives**." | he **said**.

中文理解　　　根據最新的研究，經常微笑的人會比較長壽。這是因為他們比較不會罹患像是心臟病、高血壓這一類的疾病。老是板著臉的人則是高血壓的危險族群。研究人員建議現代人放鬆心情過生活。他說：「微笑不僅讓世界轉動，還能讓你更長壽。」

學習解析

單字、片語：

❶ suffer [`sʌfɚ] 患病 v. → suffer from ~ 罹患（疾病）

　(ex) His father often suffers from headache.

　　他爸爸常常頭痛。

❷ disease [dɪ`ziz] 疾病 n.

❸ heart attack 心臟病發作 n.

❹ high blood pressure 高血壓 n.

❺ keep a long face 板著臉；拉長著臉 phr.

❻ recommend [ˌrɛkə`mɛnd] 建議 v.

常用諺語：

Smiles make the world go around. 意思是「微笑讓世界轉動」

致勝關鍵 KeyPoints

★各種病痛的英文

英文	中譯	英文	中譯
headache	頭痛	toothache	牙痛
backache	背痛	stomachache	胃痛
food poisoning	食物中毒	high blood pressure	高血壓
heart disease	心臟病	apoplexy	中風
fever	發燒	cough	咳嗽
sneeze	打噴嚏	pimple	青春痘

主題短文 2-4

說明：請先利用一分鐘的時間閱讀試卷上的句子與短文，然後在一分鐘內以正常的速度，清楚正確的朗讀一遍。閱讀時請不要發出聲音。（以下皆以單篇文章各 30 秒）

Doing auctions via the Internet has become popular in recent years. Many people make a small fortune from it. It's rent-free and tax-free. The commercial doesn't cost much. The greatest part is the large number of people who shop online is still increasing. That's why more and more people want to join the market. However, in the near future, online auction business won't be tax-free any more. Those who want to join the online market had better give it a second thought now.

發音提示　粗體套色字為重音，加底線者為連音，| 為斷句。

Doing auctions via the **Internet** | has **become popular** in **recent years**. | **Many people make** a **small fortune** from it. | It's **rent-free** and **tax-free**. | The **commercial doesn't cost much**. | The **greatest part** is the **large number** of **people** | who **shop online** | is still **increasing**. | That's why more and more **people want** to **join** the **market**. | **However**, | in the **near future**, | **online auction business** | **won't** be **tax-free** any more. | Those who **want** to **join** the **online** market | had better **give** it a **second thought** now.

中文理解　近年來透過網路進行拍賣十分盛行。許多人因此賺了一筆小財富。不用繳店租，也不用繳稅，而且廣告費也不會花很多錢。最棒的部份是，大量的網路購物人口還在持續增加中。那就是為什麼近期越來越多的人想加入這個市場的原因。然而，在不久之後，網路拍賣生意將不再免稅了。所以那些想加入網路拍賣市場的人，最好再重新考慮一下。

學習解析

單字、片語：

❶ auction [`ɔkʃən] 拍賣 n.

❷ fortune [`fɔrtʃən] 財富 n. → make a fortune 賺了一筆財富

❸ rent [rɛnt] 租金 n.

❹ tax [tæks] 稅 n.

❺ online [`ɑn͵laɪn] 線上的 adj.

❻ second thought 重新考慮 n.

致勝關鍵 KeyPoints

★「重新考慮」的其他英文表達

英文	例句 「我會再考慮看看。」
reconsider	I'll reconsider it.
rethink	I'll rethink it.
think twice	I'll think it twice.
think again	I'll think it again.

PART 2

常考主題 短文 3

評論

🎧 2-02-03.mp3

主題短文 3-1

說明：請先利用一分鐘的時間閱讀試卷上的句子與短文，然後在一分鐘內以正常的速度，清楚正確的朗讀一遍。閱讀時請不要發出聲音。（以下皆以單篇文章各 30 秒）

The Dark River is the best children's book in the last ten years. It's a very creative work. The characters in the story were brave and smart. They taught young readers to be strong in difficulties. Even my six-year-old son is crazy about this book. So you may want to read it to your kids as well.

（發音提示）粗體套色字為重音，加底線者為連音，| 為斷句。

The **Dark River** is the **best** children's book | in the **last ten years**. | It's a very **creative work**. | The **characters** in the **story** were **brave** and **smart**. | They **taught young readers** | to be **strong** in **difficulties**. | Even my **six-year-old son** | is **crazy** about this **book**. | So | you may **want** to **read** it to your **kids** as well.

中文理解

《黑暗河流》是近十年來最棒的童書,是一本非常有創意的作品。這則故事裡的角色既勇敢又聰明。他們教導年幼的讀者,在困境時仍要堅強以對。就連我六歲的兒子都為之著迷不已。所以或許你也可以唸這本書給你的小朋友聽。

學習解析

單字、片語:

❶ children's book 童書 n.

❷ creative [krɪ`etɪv] 創意的 adj.

  (ex) That's a creative idea.
     那是個有創意的點子。

❸ character [`kærɪktɚ] (小說、戲劇等的)人物;角色 n.

❹ brave [brev] 勇敢的 adj.

❺ reader [`ridɚ] 讀者 n.

❻ crazy about 為~瘋狂 phr.

  (ex) Many teenagers are crazy about the singer.
     許多青少年都為這個歌手瘋狂。

❼ as well 也,同樣地 phr.

  (ex) I came Taipei and my sister came as well.
     我來到台北,我妹妹也來了。

主題短文 3-2

說明：請先利用一分鐘的時間閱讀試卷上的句子與短文，然後在一分鐘內以正常的速度，清楚正確的朗讀一遍。閱讀時請不要發出聲音。（以下皆以單篇文章各 30 秒）

The Japanese restaurant at the corner of the street is terrible. I went there to have lunch yesterday. Their service was poor and slow. I waited for one hour to have my meal. The food was bad. The fish tasted like it had been in the refrigerator for a month. What's worst, it's very expensive. I paid 1200 dollars! I'm sure I'll never step into it again. I'm pretty sure of it!

發音提示　粗體套色字為重音，加底線者為連音，| 為斷句。

The **Japanese restaurant** | at the **corner** ❶ of the **street** is **terrible**. | I **went** there to **have lunch yesterday**. | Their **service** was **poor** ❷ and **slow**. | I **waited** for **one hour** to **have** my **meal**. | The **food** was **bad**. | The **fish tasted** ❸ like it had been in the **refrigerator** for a **month**. | What's **worst**, | it's very **expensive**. | I **paid 1200 dollars**! | I'm **sure** I'll **never step into** ❹ it again. | I'm **pretty sure** of it!

中文理解　　　在街角的那間日本料理餐廳真是糟糕。我昨天去那裡吃午餐，他們的服務又糟又慢。我等了一個小時才吃到我的餐點，而食物也很難吃。魚吃起來像是已經在冰箱放了一個月一樣。最糟的是，餐點非常的貴，我付了 1200 元！我確定我絕對不會再踏進那間店了。我非常地確定！

學習解析

單字、片語：

❶ corner [`kɔrnɚ] 角落 n. → at the corner of the street 在街角

❷ poor [pʊr] 糟糕的 adj.

　　(ex) It is a poor concert.

　　　　這是一場不怎麼樣的演唱會。

❸ taste [test] 嚐起來 v.

❹ step into 踏入～ phr.

數字唸法：

1200 dollars 唸成：one thousand and two hundred dollars。

PART 2

常考主題
短文 *4*

使用手冊／說明書

🎧 2-02-04.mp3

主題短文 4-1

說明：請先利用一分鐘的時間閱讀試卷上的句子與短文，然後在一分鐘內以
正常的速度，清楚正確的朗讀一遍。閱讀時請不要發出聲音。（以下
皆以單篇文章各 30 秒）

Only members can buy things on our website. It's easy to become a member. All you have to do is to complete the following steps. First, you have to choose your user's name. Second, you decide your password. Third, fill in the personal information. Last, press "enter". Then you'll become a member and start a wonderful shopping day!

發音提示　粗體套色字為重音，加底線者為連音，| 為斷句。

Only members can **buy things** on our **website**. | It's **easy** to **become** a **member**. | All you **have** to **do** is to **complete** the **following steps**. | **First**, | you **have** to **choose** your **username**. | **Second**, | you **decide** your **password**. | **Third**, | **fill** in the **personal** information. | **Last**, | press "**enter**". | Then you'll **become** a **member** | and **start** a **wonderful shopping day**!

中文理解

只有會員才能在我們的網站上購物，成為會員十分容易，您只需完成下列的步驟。首先，選擇您的使用者名稱。第二，決定您的密碼。第三，填妥個人資訊。最後，按下「輸入」。然後您就會成為我們的會員，並開始您美好的購物日了！

學習解析

單字、片語：

❶ member [`mɛmbɚ] 會員 n.

❷ website [`wɛbˌsaɪt] 網站 n.

❸ complete [kəm`plit] 完成 v.

❹ step [stɛp] 步驟 n.

❺ password [`pæsˌwɝd] 密碼 n.

❻ fill in 填寫 phr.

ex Please fill in blanks with suitable words.
請在空格裡填上適當的字。

❼ personal [`pɝsn̩l] 個人的 adj.

主題短文 4-2

說明：請先利用一分鐘的時間閱讀試卷上的句子與短文，然後在一分鐘內以
　　　正常的速度，清楚正確的朗讀一遍。閱讀時請不要發出聲音。（以下
　　　皆以單篇文章各 30 秒）

　　The CD player can only be used to play CDs. It should be kept away from water and fire. If it does not work, first make sure you turn it on. Then check if the plug is in. If it still doesn't work, contact us at 02-8812-8792. We will be happy to be at your service.

發音提示　粗體套色字為重音，加底線者為連音，| 為斷句。

　　The **CD player** can **only** be **used** to **play CDs**. | It should be **kept** away from **water** and **fire**. | If it does **not work**, | **first make sure** you **turn** it **on**. | Then **check** if the **plug** is **in**. | If it still **doesn't work**, | **contact** us at | 02-8812-8792. | We will be **happy** to be at your **service**.

中文理解　　　　這台 CD 播放器只能用在播放 CD，并且應該放置在遠離水和火的位置。如果不能運作，首先要確定您有將電源打開，接著檢查插頭是否脫落。如果還是不能運作，請來電 02-8812-8792 來聯絡我們。我們很樂意為您提供服務。

學習解析

單字、片語：

❶ CD player CD 播放器 n.

❷ keep away 遠離 phr.

　(ex) Keep the children away from the machine. 讓小孩遠離這台機器。

❸ make sure 確定 phr.

　(ex) Mike can't make sure his mind. 麥克不能確定他的心意。

❹ turn on 打開（開關）↔ turn off 關掉（開關） phr.

　(ex) turn on the light / turn off the light 開燈／關燈

❺ plug [plʌg] 插頭 n.

❻ service [`sɝvɪs] 服務 n. → at one's service 為某人服務

電話唸法：

電話號碼 02-8812-8792 要唸成：zero two, double eight one two, eight even nine two。

致勝關鍵 KeyPoints

★各項家用電器的英文

英文	中譯	英文	中譯
table lamp	檯燈	television = TV	電視機
electric fan	電風扇	radio	收音機
air conditioner	冷氣機	recorder	錄音機；錄影機
refrigerator	電冰箱	CD player	CD 播放器
microwave	微波爐	home theater	家庭劇院

PART 2

主題短文 4-3

說明：請先利用一分鐘的時間閱讀試卷上的句子與短文，然後在一分鐘內以
正常的速度，清楚正確的朗讀一遍。閱讀時請不要發出聲音。（以下
皆以單篇文章各 30 秒）

This App provides 20 fun games for children to learn numbers. After you download it in your smartphone, the function menu will display at once. You can choose the language to be English or Chinese. Then you select the game you want to play. After you enter the game, you can select the difficulty for level 1 to level 5. Then you press "Start" to begin the game. When the game is over, you may choose to play again or to close the application. Our system will record the scores you get each time you play.

發音提示　粗體套色字為重音，加底線者為連音，| 為斷句。

This **App** **provides** 20 **fun** **games** for **children** to **learn numbers**. | After you **download** it in your **smartphone**, | the **function menu** will **display** at once. | You can **choose** the **language** | to be **English** or **Chinese**. | Then you **select** the **game** you **want** to play. | After you **enter** the **game**, | you can **select** the **difficulty** | for **level** 1 to **level** 5. | Then you **press "Start"** to **begin** the **game**. | When the **game** is **over**, | you may **choose** to **play again** | or to **close** the **application**. | Our **system** will **record** the **scores** you **get** | each **time** you **play**.

中文理解　　　　這個應用程式提供 20 種有趣的遊戲讓小朋友學習數字。在您下載這個遊戲到智慧型手機後，功能表單會立刻出現。您可以選擇語言為英文或中文，接著選擇您想玩的遊戲。進入遊戲之後，可以選擇難度 1 到 5，之後按下「開始」鍵進行遊戲。遊戲結束時，您可以選擇再玩一次或是關閉程式。系統會自動紀錄您每一次玩遊戲的分數。

學習解析

單字、片語：

❶ App [æp] = application [ˌæpləˋkeʃən] 應用程式 n.

❷ fun [fʌn] 有趣的；愉快的 adj.

❸ smartphone [ˋsmɑrtˌfon] 智慧型手機 n.

❹ function [ˋfʌŋkʃən] 功能 n.

❺ menu [ˋmɛnju] 功能表；選單 n.

❻ display [dɪˋsple] 顯示 v.

❼ at once 立刻 phr.

　(ex) We have to leave at once.
　　　 我們必須立刻離開。

❽ choose [tʃuz] 選擇 v.

❾ select [səˋlɛkt] 選擇，挑選 v.

❿ level [ˋlɛvl] 層次，級別 n.

PART 2

常考主題
短文 5

導覽手冊

🎧 2-02-05.mp3

主題短文 5-1

說明：請先利用一分鐘的時間閱讀試卷上的句子與短文，然後在一分鐘內以
正常的速度，清楚正確的朗讀一遍。閱讀時請不要發出聲音。（以下
皆以單篇文章各 30 秒）

The Candy Museum is divided into three sections. Section One shows
how candy is made. Section Two displays the candy gathered from all over
the world. There are more than three thousand kinds of candy in this
museum. Section Three provides candy samples for visitors to have a bite.
There is also a gift shop in the first floor. Visitors may pick up the candy they
like there.

發音提示 粗體套色字為重音，加底線者為連音，| 為斷句。

The **Candy Museum** | is **divided** into **three sections**. | **Section
One shows** how **candy** is **made**. | **Section Two displays** the **candy
gathered** | from **all** over the **world**. | There are more than **three
thousand kinds** of **candy** in this **museum**. | **Section Three provides
candy samples** for **visitors** | to **have** a **bite**. | There is also a **gift shop** |
on the **first** floor. | **Visitors** may **pick up** the **candy** they **like** there.

中文理解

這間糖果博物館分為三個區域。第一區展示糖果的製作方法。第二區展出從世界各地所蒐集而來的糖果，這間博物館中有超過三千種糖果。第三區提供糖果的樣品給參觀者品嚐。在一樓有個禮品店，參觀者可以在那裡買到他們喜歡的糖果。

學習解析

單字、片語：

❶ museum [mju`zɪəm] 博物館 n.

❷ section [`sɛkʃən] 區域 n.

❸ sample [`sæmpl] 樣品 n.

❹ gift shop 禮品店 n.

❺ pick up 取得 phr.

　　ex He picked up the focal point quickly.
　　他很快就掌握了重點。

主題短文 5-2

說明：請先利用一分鐘的時間閱讀試卷上的句子與短文，然後在一分鐘內以正常的速度，清楚正確的朗讀一遍。閱讀時請不要發出聲音。（以下皆以單篇文章各 30 秒）

Welcome to Joyful World. The amusement park has four main parts. The Adventure Land has the biggest roller coaster in the world. The Amazing Theater has all kinds of shows and plays. Grandpa's Kitchen provides delicious meals and snacks. The Ocean World collects 1500 kinds of fish from all over the world. Visitors will be sure to have the greatest fun in this joyful land.

發音提示 粗體套色字為重音，加底線者為連音，| 為斷句。

Welcome to **Joyful World**. | The **amusement park** has **four main parts**. | The **Adventure Land** | has the **biggest roller coaster** | in the **world**. | The **Amazing Theater** | has **all kinds** of **shows** | and **plays**. | **Grandpa's kitchen** provides **delicious meals** | and **snacks**. | The **Ocean World collects 1500 kinds** of **fish** | from **all over** the **world**. | **Visitors** will be **sure** to **have** the **greatest fun** | in this **joyful land**.

中文理解 　　　　歡迎來到歡樂世界。這座遊樂園有四個主要區域。歷險樂園有世界上最大的雲霄飛車。驚奇劇場有各式各樣的表演和戲劇。老爹廚房提供美味的餐點和點心。海洋世界蒐集了來自世界各地一千五百種的魚類。遊客一定能在這歡樂的園地享受到最大的樂趣。

學習解析

單字、片語：

❶ joyful [`dʒɔɪfəl] 歡樂的 adj.

❷ amusement [ə`mjuzmənt] 娛樂 → amusement park 遊樂園 n.

❸ adventure [əd`vɛntʃɚ] 冒險 n.

❹ roller coaster [`rolɚ`kostɚ] 雲霄飛車 n.

數字唸法：

1500 kinds of fishes 的數字 1500 唸成：one thousand and five hundred 或 fifteen hundred。

致勝關鍵 KeyPoints

★遊樂園各項器材的英文

英文	中譯	英文	中譯
merry-go-round	旋轉木馬	roller coaster	雲霄飛車
pirate boat	海盜船	Ferris wheel	摩天輪
coffee cup	咖啡杯	bumper car	碰碰車
space ship	太空飛船	small train	小火車

常考主題
短文 6

廣告

🎧 2-02-06.mp3

主題短文 6-1

說明：請先利用一分鐘的時間閱讀試卷上的句子與短文，然後在一分鐘內以正常的速度，清楚正確的朗讀一遍。閱讀時請不要發出聲音。（以下皆以單篇文章各 30 秒）

The 2022 Furniture Fair will be from March 3rd to 10th in Taipei World Trade Center. The topic of this fair is "Plastic furniture". More than 200 exhibitors will attend this fair. Low prices and discounts will be offered. Take sofas as an example, with about eight thousand NT dollars, visitors can bring a new set of sofa home. It's a great chance to buy cheap and good furniture. You definitely can't miss it.

(發音提示) 粗體套色字為重音，加底線者為連音，| 為斷句。

The **2022 Furniture Fair❶** will be from **March 3rd** to **10th** | in **Taipei World Trade Center❷**. | The **topic** of this **fair** is "**Plastic furniture❸**". | More than **200 exhibitors❹** will **attend** this fair. | **Low prices** and **discounts** will be **offered**. | **Take sofas** as an **example**, | with about **eight thousand NT dollars**, | **visitors** can **bring** a **new set** of **sofa home**. | It's a **great chance** to **buy cheap** and **good furniture**. | You **definitely can't miss** it.

中文理解　　　2022 年的傢俱展將在三月三日到十日在台北世貿中心舉辦。這次展覽的主題是「塑膠家具」。超過兩百家的參展廠商會參加這次的展覽。現場會提供超低的價格和折扣。以沙發為例，只要八千元，參觀者就可以把一組新沙發帶回家。這是買便宜好家具的難得機會。你絕對不想錯過！

學習解析

單字、片語：

❶ fair [fɛr] 展覽 n.

❷ trade [tred] 貿易 n.

❸ plastic [`plæstɪk] 塑膠；塑膠製品 n.

❹ exhibitor [ɪg`zɪbɪtɚ] 參展者 n.

日期唸法：

西元年 2022 的唸法有：twenty twenty-two / two thousand twenty-two.

March 3 to 10 要唸成 March third to tenth.

PART 2

致勝關鍵 KeyPoints

★各種家具的英文

英文	中譯	英文	中譯
sofa	沙發	tea table	茶几
dining table	餐桌	shoe storage	鞋櫃
bookcase	書架	desk	書桌
chair	椅子	kitchen counter	廚房流理台
wardrobe	衣櫃	cabinet	櫥櫃
dressing table	梳妝台	bed	床

主題短文 6-2

說明：請先利用一分鐘的時間閱讀試卷上的句子與短文，然後在一分鐘內以
　　　正常的速度，清楚正確的朗讀一遍。閱讀時請不要發出聲音。（以下
　　　皆以單篇文章各 30 秒）

　　Here is good news for people who have poor memory. The memory pillow can help you efficiently improve your memory. It's easy to use. Put the memory pillow on your bed and sleep on it every night. After three months, you'll find your memory greatly improved. Buy it now to get a special discount! Dial 3379-5481 for more detailed information.

發音提示　粗體套色字為重音，加底線者為連音，| 為斷句。

　　Here is **good news** for **people** who **have poor memory**. | The
memory pillow can **help** you **efficiently improve** your **memory**. | It's

294

easy to **use**. | **Put** the **memory pillow** on your **bed** | and **sleep** on it **every night**. | After **three months**, | you'll **find** your **memory** | **greatly improved**. | **Buy** it **now** to **get** a **special discount**! | **Dial**❺ 3379-5481 | for more **detailed**❻ **information**.

中文理解　　　記憶力差的人，有個好消息來了！記憶枕能有效地增進你的記憶，也很容易使用。把記憶枕放在床上，每晚枕著睡覺。三個月之後，你會發現你的記憶力大幅地改善了。現在購買還可享有特別優惠！詳細資訊請來電 3379-5481。

學習解析

單字、片語：

❶ poor [pʊr] 貧乏的，缺少的 adj.

❷ memory [`mɛmərɪ] 記憶力 n.

❸ pillow [`pɪlo] 枕頭 n.

❹ efficiently [ɪ`fɪʃəntlɪ] 有效地；效率高地 adv.

❺ dial [`daɪəl] 撥號，打電話 v.

❻ detailed [`di`teld] 詳細的 adj.

電話唸法：

電話號碼 3379-5481 的唸法為：double three seven nine / five four eight one。

兩個相連的數目字重複時唸 double。

常考主題
短文 7

告示／注意事項

🎧 2-02-07.mp3

主題短文 7-1

說明：請先利用一分鐘的時間閱讀試卷上的句子與短文，然後在一分鐘內以
正常的速度，清楚正確的朗讀一遍。閱讀時請不要發出聲音。（以下
皆以單篇文章各 30 秒）

　　When you go to a restaurant abroad, you need to keep these things in mind. If you plan to go to a famous restaurant, be sure to make a reservation in advance. Or you might find yourself waiting in a long line when you get there. Making a reservation is easy. All you have to do is to make a call. You have to tell them your name, when you will be there, and how many people you have in your group. If you have special requests, make them clear while making the reservation. For example, you may want to sit by the window or in the non-smoking area. By the way, don't forget to give waiters tips. Then you'll surely have a pleasant experience having meals.

發音提示　粗體套色字為重音，加底線者為連音，| 為斷句。

　　When you **go** to a **restaurant abroad**, | you **need** to **keep** these things **in mind**. | If you **plan** to **go** to a **famous restaurant**, | be **sure** to **make** a **reservation** **in advance**. | Or | you might **find** yourself **waiting** in a

long line when you **get** there. | **Making** a **reservation** is **easy**. | All you have to **do** is to **make a call**❹. | You have to **tell** them your **name**, | when you will be there, | and how many **people** you **have** in your group. | If you **have special requests**❺, | **make** them **clear** while **making** the **reservation**. | **For example**❻, | you may **want** to **sit** by the **window** | or in the **non-smoking area**. | By the way, | **don't forget** to **give waiters tips**. | Then you'll **surely have** a **pleasant experience having meals**❼.

中文理解

　　　　　　　　當你去國外的餐廳時,你必須把這些事情牢牢記住。如果你打算去一間著名的餐廳,一定要事先訂位。否則等你到那裡,可能會發現你得排隊排很久了。訂位很簡單,只需打個電話就可以了。你必須告訴他們:你的名字、你到現場的時間、以及會有多少人。如果你有特殊的要求,在訂位時就要先說清楚。例如,你可能想坐在靠窗的位置,或是想坐在非吸菸區。順帶一提,別忘了給服務生小費。如此一來,你一定會有個愉快的用餐經驗。

學習解析

單字、片語:

❶ keep ~ in mind 記住,把~牢記在心 phr.

(ex) I won't keep your mistake in mind.
　　 我不會把你的錯放在心上。

❷ reservation [ˌrɛzəˈveʃən] 預訂 v.

❸ in advance 預先 phr.

(ex) You should let him know in advance. 你應該事先讓他知道。

❹ make a call 打電話 phr.

　　(ex) He will make a call you. 他會打電話給你。

❺ request [rɪ`kwɛst] 要求，請求 n.

❻ for example 舉例來說 phr.

❼ pleasant [`plɛzənt] 令人愉快的 adj.

常用句型：

all you have to do is ~，意思是「你只需要～」

　　(ex) All you have to do is to wait. 你只需要等待就好了。

　主題短文 7-2

說明：請先利用一分鐘的時間閱讀試卷上的句子與短文，然後在一分鐘內以
　　　正常的速度，清楚正確的朗讀一遍。閱讀時請不要發出聲音。（以下
　　　皆以單篇文章各 30 秒）

　　Visitors have to follow the following rules in the castle. First, do not touch the furniture, the antiques, and the painting displayed. Second, do not take pictures with flashlight. Third, do not eat or drink. Fourth, do not shout or talk loudly. Last, children under the age of six can not enter the castle. Thank you for your cooperation. We wish you a nice trip in our castle.

(發音提示) 粗體套色字為重音，加底線者為連音，| 為斷句。

Visitors have to **follow** the **following rules** | in the **castle**. | **First**, | do **not touch** the **furniture**, | the **antiques**, | and the **painting displayed**. | **Second**, | do **not take pictures** with **flashes**. | **Third**, | do **not eat** or

drink. | **Fourth,** | do **not shout** or **talk loudly**. | **Last, children** under
the **age** of **six** | **can not enter** the **castle**. | **Thank** you for your
❼ cooperation. | We **wish** you a **nice trip** in our **castle**.

中文理解

　　　　參觀者在城堡內需遵守以下規定。第一，請勿觸碰
展示的傢俱、古董及畫作。第二，請勿開閃光燈拍照。
第三，請勿飲食。第四，請勿喊叫或大聲交談。最後，六歲以下的兒童不得進入
城堡。謝謝您的配合。祝您有趟愉快的城堡之行。

學習解析

單字、片語：

❶ follow [ˋfɑlo] 遵循 v.

❷ following [ˋfɑləwɪŋ] 下面的，下述的 adj.

❸ castle [ˋkæsḷ] 城堡 n.

❹ antique [ænˋtik] 古董 n.

❺ take pictures 照相 phr.

    (ex) We took many pictures in the trip.
    我們在旅遊時照了很多相片。

❻ flash [flæʃ] （攝影）閃光燈 n.

❼ cooperation [ko͵ɑpəˋreʃən] 合作 n.

常用句型

本篇短文是在說明展覽場所的相關規定，規定是以條列的方式一一列出，分
別是 first「第一點」、second「第二點」、third「第三點」、fourth「第四點」、
last「最後」。

常考主題
短文 *8*

笑話／趣聞

🎧 2-02-08.mp3

主題短文 8-1

說明：請先利用一分鐘的時間閱讀試卷上的句子與短文，然後在一分鐘內以
正常的速度，清楚正確的朗讀一遍。閱讀時請不要發出聲音。（以下
皆以單篇文章各 30 秒）

A lady and her baby got on a bus. The bus driver looked at the lady and
her baby. Then he cried, "That is the ugliest baby I've ever seen." The lady
was so angry. But she said nothing and went to sit at the back of the bus.
After a while, the man sat next her and asked, "Are you alright?" The lady
said, "I'm very angry. The bus driver was so mean." The man said, "You go
back and get it straight with him. I'll watch your monkey for you."

(發音提示) 粗體套色字為重音，加底線者為連音，| 為斷句。

A **lady** and her **baby** **got** ❶ on a **bus**. | The **bus driver looked** at the
lady and her **baby**. | Then he **cried** ❷, | "That is the **ugliest baby** I've ever
seen." | The **lady** was so **angry**. | But she **said nothing** | and **went** to **sit**
at the **back** of the **bus**. | After a **while** ❸, | a **man sat** next her and **asked**, |
"Are you **alright** ❹?" | The lady said, | "I'm **very angry**. | The **bus driver**
was **so mean** ❺." | The man said, | "You **go** back and **get** it **straight** ❻ with
him. | I'll **watch** ❼ your **monkey** for you."

中文理解

　　　　　一位女士和她的嬰兒上了公車。公車司機看了女士和她的嬰兒，他叫道：「那是我見過最醜的嬰兒了。」這位女士很生氣，但她不發一語，坐到公車的後座。過了一會兒，坐在她旁邊的男子問：「你還好嗎？」女士說：「我很生氣。公車司機真是不厚道。」男子說：「你走回去、跟他討個公道。我來幫你看著你的猴子。」

學習解析

單字、片語：

❶ get on 上車 phr.

❷ cry [kraɪ] 叫喊；呼叫 v.

❸ while [hwaɪl] 一會兒，一段時間 n.

❹ alright [`ɔl`raɪt] 沒問題的 adj.

❺ mean [min] 心地不好的 adj.

❻ straight [stret] 清楚的 adj.

❼ watch [wɑtʃ] 看護；照顧 v.

主題短文 8-2

說明：請先利用一分鐘的時間閱讀試卷上的句子與短文，然後在一分鐘內以
　　　正常的速度，清楚正確的朗讀一遍。閱讀時請不要發出聲音。（以下
　　　皆以單篇文章各 30 秒）

Simple Sally was a simple girl. She believed in every word people told her and took it seriously. One afternoon, Sally's mom noticed that Sally hadn't started doing her homework since she was home. So Sally's mom asked Sally, "Have you done your homework yet?" Sally answered, "I've finished it." Her mom was surprised. She kept on saying, "Show me." Sally said, "I can't. I ate it." Her mom was shocked, and she asked, "Why did you do that?" Sally smiled and said, "Because my teacher said it was a piece of cake."

發音提示　粗體套色字為重音，加底線者為連音，| 為斷句。

❶ **Simple Sally** was a **simple girl**. | She **believed** in **every word people told** her | and ❷ **took it seriously**. | One **afternoon**, | **Sally's mom** ❸ **noticed** that **Sally hadn't started doing** her **homework** | since she was **home**. | So | **Sally's mom asked Sally**, | "Have you **done** your **homework** yet?" | Sally **answered**, | "I've **finished** it." | Her **mom** was **surprised**. | She **kept** on **saying**, | "**Show** me." | **Sally said**, | "I **can't**. I **ate** it." | Her **mom** was ❹ **shocked**, | and she **asked**, | "Why did you **do that**?" | Sally **smiled** and **said**, | "**Because** | my **teacher said** it was a **piece** of **cake**."

中文理解

　　　　　　　　單純的莎麗是個天真的女孩。她都會把人們跟她說的每句話信以為真，而且當作一回事。某一天下午，莎麗的媽媽注意到莎麗自從回家後，都還沒開始做功課。所以莎麗的媽媽就問了莎麗：「你的功課做完了嗎？」莎麗回答：「我已經做完了。」媽媽很驚訝，她繼續說道：「拿給我看看。」莎麗說：「不行，我吃掉了。」媽媽嚇了一大跳，她問：「你為什麼要那麼做？」莎麗微笑並說道：「因為老師說那是一塊蛋糕（那很簡單）。」

學習解析

單字、片語：

❶ simple [`sɪmpl] 單純的；老實的 adj.

❷ seriously [`sɪrɪəslɪ] 認真地 adv. → take ~ seriously 認真地把～當作一回事

　(ex) The teacher took these questions seriously.
　　　這個老師很認真地看待這些問題。

❸ noticeed [`notɪs] 注意；察覺的 adj.

❹ shock [ʃɑk] 震驚 v.

常用諺語：

a piece of ~，意思是「一片；一塊」。a piece of cake 的字面上是「一塊蛋糕」，而這句俗諺的意思是指「容易之事」。

常考主題
短文 9

信件

🎧 2-02-09.mp3

主題短文 9-1

說明：請先利用一分鐘的時間閱讀試卷上的句子與短文，然後在一分鐘內以
正常的速度，清楚正確的朗讀一遍。閱讀時請不要發出聲音。（以下
皆以單篇文章各 30 秒）

Dear Mom,

How are you? Actually, I'm not so good. I need money. I know you just
wired me some last week. However, the books for this semester cost a lot. I
also took a photograph course. So I bought a digital camera. That's why I
ran out of money. You're the best mom in the world. I'm sure you'll give me
money. I love you!

With love,

Alan

發音提示　粗體套色字為重音，加底線者為連音，| 為斷句。

Dear Mom,

How are you? | **Actually**, | I'm **not** so **good**. | I **need money**. | I **know**
you just **wired** me **some last week**. | **However**, | the **books** for this
semester | **cost** a lot. | I **also took** a **photograph course**. | So I

bought a **digital camera**. | That's why I **⑥ran out of money**. | You're the **best mom** in the **world**. | **I'm sure** you'll **give** me **money**. | **I love** you!

With love,

Alan

中文理解

　　親愛的媽媽，

　　你好嗎？其實，我不太好，我需要錢。我知道上個禮拜你才剛匯款了一些錢給我。但是這個學期的教科書花很多錢，而且我又修了一堂攝影課，所以我才買了一台數位相機。那就是為什麼我把錢都花完的原因。你是世界上最好的媽媽，當然一定會給我錢的。我愛你！

　　愛你的艾倫

學習解析

單字、片語：

❶ actually [`æktʃʊəlɪ] 實際上；竟然 adv.

❷ wire [waɪr] 匯款 v.

❸ semester [sə`mɛstə] 學期 n.

❹ photograph [`fotə͵græf] 攝影 n.

❺ digital [`dɪdʒɪtl] 數位的 adj.

　(ex) digital camera 數位相機　　digital monitor 數位顯示器

❻ run out of ~ 將～用完 phr.

常用句型：

take a / the ~ course，意思是「修～課程」。

(ex) take the literature course　修文學課程

致勝關鍵 KeyPoints

★學校課程的英文

英文	中譯	英文	中譯
math	數學	history	歷史
physics	物理	chemistry	化學
philosophy	哲學	psychology	心理學
economics	經濟學	accounting	會計學
archeology	考古學	programming	程式設計
electronics	電子學	mechanical engineering	機械工程

主題短文 9-2

說明：請先利用一分鐘的時間閱讀試卷上的句子與短文，然後在一分鐘內以正常的速度，清楚正確的朗讀一遍。閱讀時請不要發出聲音。（以下皆以單篇文章各 30 秒）

Dear Sir,

  I bought the telephone your company produced. However, it doesn't work well. It keeps making funny noises. I brought the telephone back to the store where I bought it. Yet they said they couldn't give me a new one. So I wrote this letter to you. I think you should be responsible for your products. It will be excellent if you can give me a new machine. I hope you will take care of it as soon as possible. Thank you.

(發音提示) 粗體套色字為重音，加底線者為連音，| 為斷句。

Dear Sir,

I **bought** the **telephone** your **company** **produced**. | **However,** | it doesn't **work well**. | It **keeps making funny noises**. | I **brought** the **telephone back** to the **store** where I **bought** it. | **Yet** | they **said** they **couldn't give** me a **new** one. | So I **wrote** this **letter** to you. | I **think** you **should** be **responsible** for your **products**. | It will be **excellent** if you can **give** me a **new machine**. | I **hope** you will **take care** of it | as **soon** as **possible**. | **Thank** you.

中文理解

先生您好，

我買了貴公司生產的電話，但是它有些問題，它一直發出怪聲。我把電話拿回購買的商店，然而他們表示無法換給我一個新的，所以我寫了這封信給您。我認為您應該為自己的產品負責，如果您能夠給我一個新的話機就太好了。我希望您能盡快處理這個問題，感謝。

學習解析

單字、片語：

❶ bought [bɔt] 購買（buy 的過去式）v.

必須和 brought [brɔt] 帶（bring 的過去式），兩者的發音、拼音很相似，要區分清楚。

❷ produce [prə`djus] 生產；製造 v.

❸ be responsible for ~ 為～負責 phr.

> (ex) Parents are responsible for their children.
> 父母會對他們的孩子負責。

❹ product [`prɑdəkt] 產品 n.

❺ take care of ~ 處理 phr.

> (ex) The factories should take care of their waste.
> 這些工廠應該要處理掉它們的廢棄物。

❻ as soon as possible 盡快 phr.

> (ex) Please call me as soon as possible.
> 請盡快打電話給我。

常考主題
短文 **10**

食譜

🎧 2-02-10.mp3

主題短文 10-1

說明：請先利用一分鐘的時間閱讀試卷上的句子與短文，然後在一分鐘內以正常的速度，清楚正確的朗讀一遍。閱讀時請不要發出聲音。（以下皆以單篇文章各 30 秒）

　　Making a peanut butter and jelly sandwich is very easy. You have to prepare toast, peanut butter, and jelly. You can toast your bread if you like. First, take a piece of toast and put peanut butter on it. Then, put jelly on another piece of toast. Next, take one more piece of toast. Put the three pieces of toast together. Finally, the homemade peanut butter jelly sandwich is done. Have a big bite!

（**發音提示**）　粗體套色字為重音，加底線者為連音，| 為斷句。

　Making a **peanut butter** and **jelly sandwich** is **very easy**. | You **have** to **prepare toast**, | **peanut butter**, | and **jelly**. | You can **toast** your **bread** if you **like**. | **First**, | **take a piece of toast** | and **put peanut butter** on it. | **Then**, | **put jelly** on another **piece of toast**. | **Next**, | **take one more piece** of **toast**. | **Put** the **three pieces of toast together**. | **Finally**, | the **homemade** peanut butter and **jelly sandwich** is **done**. | **Have a big bite**!

中文理解

　　製作花生果醬三明治很簡單。必須準備吐司、花生醬和果醬。如果你喜歡的話，可以把吐司烤一下。首先，拿一片吐司，在上面加花生醬。接著，在另一片吐司上加果醬。下一步，再拿一片吐司，把這三片吐司放在一起。最後，自製的花生果醬三明治就完成了。大口地咬下去吧！

學習解析

單字、片語：

❶ peanut butter jelly sandwich 花生果醬三明治 n.

❷ toast [tost] 吐司（不可數）n.；烤（麵包）v.

❸ homemade [`hom`med] 自製的；家裡做的 adj.

❹ bite [baɪt] 咬下的一口 n.

常用句型：

You can ~ if you like. ，意思是「如果你喜歡的話，你可以～」。

(ex) You can join us if you like.
　　如果你喜歡的話，你可以加入我們。

put ~ together「把～放在一起」

(ex) put the toys together
　　把這些玩具放在一起

主題短文 10-2

說明：請先利用一分鐘的時間閱讀試卷上的句子與短文，然後在一分鐘內以
　　　正常的速度，清楚正確的朗讀一遍。閱讀時請不要發出聲音。（以下
　　　皆以單篇文章各 30 秒）

　　To make chocolate hot pot, you need chocolate, fruits you like, a bowl, and candles. You put chocolate in the bowl. Then you light up one candle and put the bowl over the fire. Wait till the chocolate melts. While you're waiting, you may cut the fruits into small pieces. When the chocolate is totally melted, dip the fruits in it. You may also add some wine in the chocolate. That will taste great!

發音提示　粗體套色字為重音，加底線者為連音，| 為斷句。

　　To **make** ❶**chocolate** ❷**hot pot**, | you **need chocolate**, | **fruits** you **like**, | a ❸**bowl**, | and **candles**. | You **put chocolate** in the **bowl**. | Then you ❹**light up** one **candle** | and **put** the **bowl** over the **fire**. | **Wait** till the **chocolate** ❺**melts**. | While you're **waiting**, | you may **cut** the **fruits** into small **pieces**. | When the **chocolate** is **totally melted**, | ❻**dip** the **fruits in** it. | You may also **add** some **wine** in the **chocolate**. | That will **taste great**!

要製作巧克力火鍋，你需要的是巧克力、你喜歡的水果、一個碗、以及蠟燭。把巧克力放在碗裡，接著點燃一支蠟燭，把碗放在火焰上面，等待直到巧克力融化。在等待的同時，你可以把水果切成小塊。在巧克力完全融化的時候，將水果蘸進巧克力中。你也可以加點酒在巧克力裡，這樣會很好吃喔！

學習解析

字彙、片語：

❶ chocolate [`tʃɑkəlɪt] 巧克力 n.

❷ hot pot [hɑt pɑt] 火鍋 n.

❸ bowl [bol] 碗 n.

❹ light up 點燃 phr.

(ex) He lights up the cigarette.

他點燃了這支菸。

❺ melt [mɛlt] 融化 v.

❻ dip [dɪp] 浸一下；蘸濕 v.

常用句型：

cut ~ into small pieces，意思是「把～切成小塊狀」，cut the fruits into small pieces「把水果切成小塊」。

add A in B，意思是「把 A 加入 B 中」，add wine in the chocholate「把酒加到巧克力中」。

Chapter 2
考題透視

Part 3
回答問題

作答提示

1. 這個部份在實際口說測驗中共有七題,題目已事先錄音,回答問題的題目由耳機播出,不印在試題紙上。每一個問題會播出二次,聽完題目後,有 15 秒鐘的作答時間。

2. 答題時除了正確的發音、語調之外,適切的遣詞用字和正確的文法也是評分的重點。

3. 練習時請先聽「模擬測驗」音檔試著回答問題,之後再聽「答題示範」音檔參考答題的方式。

PART **3** 回答問題

常考生活
主題 **1**

模擬測驗 　答題示範

🎧 3-01-Q.mp3　🎧 3-01.mp3

人物

主題說明

這是很常出現的主題，也很容易回答。通常這種考題會用 How many people、what 或 who 的問句來問你與人物相關的事情，並且要求你說明原因或加以描述。（請用模擬測驗音檔先進行練習，再聽答題示範音檔）

1 How many people are there in your family?

你家裡有幾個人？

 There're six **people in my family**. They're my grandparents, my parents, my ❶ elder sister, and me.

我家有六個人，有祖父母、爸媽、姊姊和我。

 學習解析

・這題問的是家庭成員的人數。除了回答人數之外，最好可以逐一說出家庭成員。

❶ elder [`ɛldɚ] 較年長的 adj. ↔ younger [`jʌŋgɚ] 年紀較小的 adj.

ⓔⓧ elder brother　哥哥

ⓔⓧ younger brother　弟弟

致勝關鍵 KeyPoints

★親屬稱謂的英文

英文	中文
grandfather	爺爺；外公
grandmother	奶奶；外婆
father	爸爸
mother	媽媽
brother	兄弟
sister	姊妹
uncle	舅舅；叔叔；伯伯
aunt	阿姨；嬸嬸
cousin	表（堂）兄弟姊妹

2 What is❶ your mother like?

你媽媽長什麼模樣？

She is❷ tall and thin❸. Besides, she's got long straight hair❹.
她又高又瘦。此外，她留著一頭直長髮。

學習解析

❶ be 動詞 + like，意思是「像」。這題問的是人物特徵，應具體描述。

❷ tall [tɔl] 高的 adj. ↔ short [ʃɔrt] 矮的 adj.

❸ thin [θɪn] 瘦的 adj.（近義詞有 slender 苗條的 / skinny 瘦巴巴的）↔ fat [fæt] 胖的 adj.（近義詞有 plump 胖嘟嘟的）

❹ straight hair 直髮 ↔ curly hair 鬈髮

3 Who **in your opinion** is the greatest person in the world? ❶

依你的看法，誰是世界上最偉大的人？

 I think Mother Teresa **is the greatest**. She **devoted** herself **to** ❷ helping the poor.

我認為德蕾莎修女是最偉大的，她致力於幫助窮困的人。

學習解析

· 這題問的是個人意見。除了要回答具體人物，也要說明原因。

❶ in sb's opinion 按照～的看法

(ex) In my opinion, they should reconsider more days.

依照我的看法，他們應該要多考慮幾天。

❷ devote to + n. / Ving 致力於～

(ex) The author devoted to writing.

這位作者致力於寫作。

4 What kind of friends do you like?

你喜歡哪種類型的朋友？

參考答案

I like friends who are ❶funny and ❷interesting. Then I won't feel ❸bored when I am with them.

我喜歡好笑又有趣的朋友。這樣我跟他們在一起時，才不會覺得無聊。

學習解析

❶ funny [`fʌnɪ] 好笑的；好玩的 adj.

❷ interesting [`ɪntərɪstɪŋ] 有趣的 adj.

❸ bored [`bord] 感到無聊的 adj.（和 boring [`borɪŋ] 讓人感到無聊的 adj. 要區分清楚）

致勝關鍵 KeyPoints

★形容人格特質的英文

英文	中文
friendly	友善的
hard-working	努力的
honest	誠實的
kind	親切的
polite	有禮貌的
serious	嚴肅的
simple	單純的
smart	聰明的
wise	有智慧的

PART **3**

5 **Do you have any foreign friends?**

你有認識任何的外國朋友嗎？

Yes, I have a good friend who is Japanese❶. He used to be my Japanese teacher. We still keep in contact❷ though he's back in Japan now.

有的，我有一個好朋友是日本人。他以前是我的日語老師。雖然他現在回日本了，我們還是有保持聯絡。

學習解析

· 這題的回答除了描述外國友人的國籍外，可以再增加一些細節的敘述，例如認識的經過等。

❶ Japanese [ˌdʒæpəˋniz] 日本人；日語 n.（在第一句中當「日本人」，在第二句中則當「日語」解釋。）

❷ keep in contact = keep in touch 保持聯絡

模擬
測驗

答題
示範

🎧 3-02-Q.mp3   🎧 3-02.mp3

風俗文化

主題說明

這個主題通常是問你是否體驗過或認識某個風俗文化，或是你對這些風俗文化相關事物的看法，問題通常會以 Yes/No 問句或 What 來開頭，並要求你說明原因或加以描述。（請用模擬測驗音檔先進行練習，再聽答題示範音檔）

1 Do you go to temples during the Chinese New Year?

你在春節期間會到廟裡去嗎？

 Yes, I do. I go to ❶temples to get good ❷luck for the following year.
是的，我會去。我會到廟裡去求來年的好運氣。

學習解析

❶ temple [`tɛmpl] 廟 n.

❷ luck [lʌk] 運氣 n.

ⓔⓧ good luck   好運

2 What color clothes do you wear at wedding feasts?

你在喜宴上會穿什麼顏色的衣服？

參考答案 I usually dress in red. Red is perfect color at wedding feast because it means joy and good luck.

我通常會穿著紅色的衣服。在喜宴上穿紅色再好不過了，因為它有歡喜和福氣的意思。

學習解析

❶ wedding [`wɛdɪŋ] 結婚典禮 n.，feast [fist] 盛宴 n. → wedding feast 喜宴

❷ dress in (color) 穿著～色的衣服

3 Do you know about any superstitions?

你知道任何關於迷信的事嗎？

參考答案 Yes. In old days, Chinese people did not play the flute at night. They believed that it would attract ghosts.

是的，在以前，中國人不會在晚上吹奏笛子，他們相信那樣會招引鬼魂。

學習解析

❶ superstition [ˌsupɚˋstɪʃən] 迷信 n.

❷ flute [flut] 笛子 n.

❸ ghost [gost] 鬼魂 n.

4 What are the special foods for Mid-Autumn Festival?

中秋節要吃什麼特別的食物？

 Everyone eats moon cakes on Mid-Autumn Festival❶. Beside **moon cakes**❷, **pomelos**❸ are also a must-eat!

大家在中秋節都會吃月餅。除了月餅之外，柚子也是非吃不可的！

學習解析

❶ festival [`fɛstəvl̩] 節慶 n. → Mid-Autumn Festival 中秋節

❷ moon cake 月餅

❸ pomelo [`pɑmələo] 柚子 n.

5 Do you think stinky tofu stinks?

你認為臭豆腐很臭嗎？

 I think it's not stinky❶ **at all**. On the contrary❷, it's quite delicious.

我認為臭豆腐一點也不臭。相反地，還很好吃呢。

學習解析

❶ stinky [`stɪŋkɪ] 臭的 adj. → stinky tofu 臭豆腐

❷ contrary [`kɑntrɛrɪ] 相反 adj. → on the contrary 恰恰相反

(ex) His points are contrary to yours.
他的觀點和你們的相反。

致勝關鍵 KeyPoints

★台灣夜市小吃的英文

英文	中文
oyster omelet	蚵仔煎
oyster thin noodles	蚵仔麵線
Taiwanese meatballs	肉圓
coffin bread	棺材板
Taiwanese fried chicken	鹹酥雞
steamed sandwich	刈包
spicy ducks' blood	麻辣鴨血
fried white radish patty	蘿蔔糕
tempura	甜不辣
rice tube pudding	筒仔米糕
braised pork rice	魯肉飯
tofu pudding	豆花

常考生活
主題 *3*

模擬
測驗 　答題
示範

🎧 3-03-Q.mp3　🎧 3-03.mp3

休閒娛樂

主題說明

這個主題也很常在測驗中出現，通常會問你在休閒的時候會做什麼事情、喜歡從事哪一類型的活動、是否做過某個活動，或是多常從事某個活動，這些問題會以 Yes/No 疑問詞、What 或 How often 來開頭。（請用模擬測驗音檔先進行練習，再聽答題示範音檔）

1 What do you usually do in your free time?

你閒暇之餘都在做什麼？

參考答案 I watch TV at home ❶**most of the time**. **Sometimes** I go to see a movie with my friends.

我大多數時候會在家看電視，有時候則會和朋友去看電影。

學習解析

❶ most of the time 大多數時候

2 What kind of movies do you like?

你喜歡什麼類型的電影？

參考答案 **I like** romantic comedies. *La La Land* is my favorite.

我喜歡浪漫愛情喜劇電影。《樂來樂愛你》是我最喜歡的一部電影。

學習解析

❶ romantic [rə`mæntɪk] 浪漫的 adj.，comedy [`kɑmədɪ] 喜劇 n. → romantic comedy 浪漫愛情喜劇

致勝關鍵 KeyPoints

★各種電影類型的英文

英文	中文
tragedy	悲劇片
thriller	驚悚片
horror	恐怖片
drama	劇情片
documentary	紀錄片
action	動作片
science fiction	科幻片
epic	史詩片
animation	動畫片

Do you prefer indoor or outdoor activities?

你偏好室內還是戶外活動？

 I like outdoor activities **better**. I usually go fishing on weekends.

我比較喜歡戶外活動，在週末時我通常會去釣魚。

學習解析

❶ outdoor [ˋaʊtˏdor] 戶外的 adj. ↔ indoor [ˋɪnˏdor] 室內的 adj.

 Is there any singer you like?

你有任何喜歡的歌手嗎？

 Yes, there is. I like The Weeknd very much. I think he is both cool and talented.

是的，我有。我非常喜歡威肯，我認為他又酷又有才華。

學習解析

❶ singer [ˋsɪŋɚ] 歌手 n.

❷ talented [ˋtæləntɪd] 才華洋溢的 adj.

   (ex) Leonardo is a talented actor.

     李奧納多是個有天份的演員。

PART 3

5 How often do you ❶go on a trip?

你多久去旅行一趟？

I go traveling twice a **year**. I usually go abroad in summer and winter vacations.

我一年去旅行兩次。我通常在寒、暑假都會出國。

學習解析

❶ trip [trɪp] 旅行 n. → go on a trip 去旅行

❷ abroad [əˋbrɔd] 在國外 adv. → go abroad 出國

 常考生活
主題 **4**

 模擬
測驗

 答題
示範

🎧 3-04-Q.mp3　🎧 3-04.mp3

科技

主題說明

與科技相關的主題通常會問你多常使用網路、會不會使用某個科技產品進行某個活動、對科技的看法等等，而這些問題通常都會以 How often、Yes/No 疑問詞，或是 In your opinion ~ 等來開頭。（請用模擬測驗音檔先進行練習，再聽答題示範音檔）

1 How often do you surf on the Internet?

你多常上網？

 參考答案

I surf the Internet every night to check my **E-mails** or to **search for** information.

我每天晚上都會上網檢查電子郵件或找資料。

學習解析

❶ Internet [`ɪntə‚nɛt] 網路 n. → surf the Internet 上網

❷ E-mail [i`mel] 電子郵件 n.

❸ search for 尋找 → search for information 找資料

2 Do you chat with friends via the Internet?

你透過網路跟朋友聊天嗎？

 Yes, I do. I chat with my friends on the Internet all the time. It saves a lot of money.

是的，我會。我總是在網上跟朋友聊天，這省了很多錢。

學習解析

❶ chat [tʃæt] 聊天 v. → chat with ~ 跟～聊天

❷ via [`vaɪə] 透過 prep. → via the Internet 透過網路

3 In your opinion, what is the greatest invention?

依你的看法，最偉大的發明是什麼？

 I think the invention of digital cameras is the greatest one. It makes taking pictures so easy and fun.

我認為數位相機是最偉大的發明，它讓拍照變得簡單又有趣。

學習解析

❶ invention [ɪn`vɛnʃən] 發明物 n.

❷ digital [`dɪdʒɪt!] 數位的 adj.，camera [`kæmərə] 相機 n. → digital camera 數位相機

4 Are you in favor of using ❷smartphones?

你贊成使用智慧型手機嗎？

 No, I'm not. It's ❸annoying to chat with people on the smartphone. I prefer to ❹communicate ❺face to face.

不，我不贊成。用智慧型手機和人們講話很擾人，我比較喜歡面對面溝通。

學習解析

❶ in favor of ~ 贊成

❷ smartphone 智慧型手機 n.

❸ annoying [ə`nɔɪɪŋ] 惱人的 adj.

❹ communicate [kə`mjunəˌket] 交流，溝通 v.

❺ face to face 面對面地

5 Have you ever dreamed of going to outer space?

你曾經夢想過上外太空嗎？

 Traveling to ❶outer space was my dream when I was little.

Yet I still believe one day my dream will ❷come true.

到外太空旅行是我小時候的夢想，不過我還是相信有一天我的夢想會成真。

學習解析

❶ outer space [`aʊtə spes] 外太空

❷ come true 實現 → dreams come true 美夢成真

329

常考生活
主題 *5*

模擬
測驗

答題
示範

🎧 3-05-Q.mp3　🎧 3-05.mp3

數字

主題說明

這個主題會問日期、電話號碼、自己或家人的年紀、住在幾樓，或是某個東西多少錢等等，而這些問題都會以 When、What、Which、How old 等疑問詞來開頭。（請用模擬測驗音檔先進行練習，再聽答題示範音檔）

1 When is your birthday?
你的生日是什麼時候？

參考
答案 **My birthday is on** June 23 rd, 1985.
我的生日在 1985 年 6 月 23 日。

學習解析

・用英文回答日期時，要先說月、日，再說出是哪一年。生日是特定的日子，因此介系詞要用 on。
・西元 1985 年要唸成 nineteen eighty-five。

2 What is your telephone number?
你的電話號碼是幾號？

My telephone number is 2114-5700.
我的電話號碼是 2114-5700。

學習解析

❶ telephone number 電話號碼

・電話號碼 2114-5700 要唸成：two double one four, five seven hundred

3 How old are your parents?

你的父母親年紀多大？

 My father is 62 years old. **My mother is** 58 years old.
我的爸爸 62 歲，我的媽媽 58 歲。

學習解析

・62 歲要唸成：sixty-two years old；58 歲唸成：fifty-eight years old

4 Which floor❶ do you live on?

你住在哪一層樓？

 I live on the second **floor**.
我住在二樓。

PART 3

學習解析

❶ floor [flor] 樓層 n.（住在第～層樓，介系詞用 on）

(ex) live on the third floor　住在三樓

5 How much does your watch cost?

你的手錶價值多少錢？

參考答案 The original price was 2000 dollars. But I got a special discount.

Therefore, **it** only **cost me** 990 dollars.

原來的價格是 2000 元，不過我拿到特別折扣，所以只花了我 990 元。

學習解析

❶ how much 在這裡是問「多少錢」

❷ original [əˋrɪdʒənl] 最初的 adj.

❸ price [praɪs] 價錢 n.

❹ discount [ˋdɪskaʊnt] 折扣 n.

・2000 元唸成：two thousand dollars；990 元唸成：nine hundred and ninety dollars

常考生活
主題 **6**

模擬
測驗
答題
示範

🎧 3-06-Q.mp3　　🎧 3-06.mp3

飲食

主題說明

這個主題在口說測驗中也很常出現，通常會問考生喜歡什麼樣的料理、有多常去吃某個料理、喜歡喝的飲料是什麼等，而這些問題通常會以 Do you like、What kind of、How often 等疑問詞來開頭。（請用模擬測驗音檔先進行練習，再聽答題示範音檔）

1 ## Do you like Japanese food?

你喜歡日本料理嗎？

參考
答案 **Yes, I do. I like** sushi **best**. Japanese desserts are delicious as well.
是的，我喜歡。我最喜歡壽司，日式甜點也很美味。

 學習解析

❶ sushi [`suʃɪ] 壽司 n.

❷ dessert [dɪ`zɝt] （飯後）甜點 n. （與 desert [`dɛzɚt] 沙漠 n. 發音相似）

致勝關鍵 KeyPoints

★日式料理的英文

英文	中文
sashimi	生魚片
miso shiru	味噌湯
roast meat	燒肉
ramen	拉麵
udon	烏龍麵
Matcha	抹茶
sukiyaki	壽喜燒
chawanmushi (steamed egg in teacups)	茶碗蒸
omurice (Japanese rice omelet)	蛋包飯
Unadon (eel rice)	饅魚飯
croquette	可樂餅
shabu shabu	日式小火鍋

2 How often do you go to a fast food restaurant?

你多久去一次速食餐廳？

I don't go to a fast food restaurant very often. I usually go

there once or twice a month.

我不常去速食餐廳，通常一個月只會去一到兩次。

學習解析

❶ fast food 速食 → fast food restaurant 速食店；速食餐廳

3 Do you eat breakfast every morning?

你每天早上都有吃早餐嗎？

 I usually eat breakfast before going to the office. But sometimes

I don't if I get up too late.

我通常去上班前會吃早餐，但如果有時太晚起床就不吃了。

學習解析

❶ breakfast [`brɛkfəst] 早餐 n.

致勝關鍵 KeyPoints

★中式早餐的英文

英文	中文
soybean milk	豆漿
rice milk	米漿
clay oven rolls	燒餅

英文	中文
fried bread stick (Chinese doughnut)	油條
steamed buns	饅頭
stuffed steamed bun	包子
rice ball	飯糰
egg cakes	蛋餅
sweet potato congee	地瓜稀飯
pickle	醬菜
sticky oil rice	油飯
fried leek dumplings	韭菜盒

4 What do you usually drink when you're ❶thirsty?

你口渴時，通常會喝什麼？

 I prefer water. It's healthy and cheap.
我比較喜歡開水，健康又便宜。

學習解析

❶ thirsty [`θɝstɪ] 口渴的 adj.

・回答中除了提到偏好的解渴飲料種類 water「水」之外，也說明了兩點原因：healthy 健康的、cheap 便宜的

5 What kinds of fruits do you like?

你喜歡哪種水果？

 I like bananas, oranges, and watermelons. Strawberries are my favorite, but they're pretty expensive.

我喜歡香蕉、柳橙和西瓜。草莓是我的最愛，但是那非常昂貴。

學習解析

- 回答例舉了幾種常見的水果：banana [bə`nænə] 香蕉 n.、orange [`ɔrɪndʒ] 柳橙 n.、watermelon [`wɔtɚˌmɛlən] 西瓜 n.、strawberry [`strɔbɛrɪ] 草莓 n.

致勝關鍵 KeyPoints

★各種水果的英文

英文	中文	英文	中文
grape	葡萄	cherry	櫻桃
coconut	椰子	durian	榴槤
papaya	木瓜	pitaya	火龍果
guava	番石榴（芭樂）	rambutan	紅毛丹
lichee	荔枝	kiwi	奇異果
mango	芒果	grapefruit	葡萄柚
lemon	檸檬	apple	蘋果

常考生活
主題 7

模擬
測驗

答題
示範

🎧 3-07-Q.mp3   🎧 3-07.mp3

時間

主題說明

這個主題或許在數字篇有出現，但是這裡必須更注重在日期、時間點、花多少時間、在星期幾等，而這些問題通常都是以 When、What time、How much time 等疑問詞來開頭。（請用模擬測驗音檔先進行練習，再聽答題示範音檔）

1　When is Mother's Day? ❶

母親節是什麼時候？

 It's on **the second** Sunday of May. ❷

是在五月的第二個星期天。

學習解析

❶ Mother Day 母親節

❷ second [ˋsɛkənd] 第二的 adj. → second Sunday 第二個星期天

2 **What time do you go to bed?**

你在幾點上床睡覺？

I usually sleep before eleven. On weekends, I stay up late and go to bed around midnight.

我通常在十一點前就會去睡覺。週末時我會熬夜，大概在半夜才會去睡覺。

學習解析

❶ go to bed 睡覺

❷ stay up 熬夜；不去睡覺

❸ midnight [`mɪd͵naɪt] 午夜；半夜 n.

3 **How much time do you spend on watching TV every day?**

你每天花多少時間看電視？

I only watch news. So **I spend about** one hour **watching** TV **every day**.

我只看新聞，所以我每天大概花一個小時在看電視。

學習解析

❶ news [njuz] 新聞 n.

❷ spend + 時間 + Ving 花～時間做～

(ex) David spent two hour studying last night.

大衛昨晚花了兩個小時在讀書。

4 What time does your favorite TV program start? [1]

你最喜歡的電視節目在幾點播出？

 My favorite TV program **is** an entertainment news [2] program. **Its starts at** 5:30 p.m.

我最喜歡的電視節目一個娛樂新聞節日，在下午五點三十分播出。

學習解析

❶ TV program 電視節目

❷ entertainment [ˌɛntɚ`tenmənt] 娛樂 n. → entertainment news 娛樂新聞

5 What is your favorite day of the week?

你一個禮拜中最喜歡星期幾？

 I like Saturdays **best**. I can get up late [1] and stay up late on Saturdays. It's the greatest day in a week.

我最喜歡星期六了。在星期六，我可以很晚起床、很晚去睡覺，是一個禮拜中最棒的一天。

學習解析

❶ get up 起床 → get up late 很晚起床

模擬
測驗

答題
示範

🎧 3-08-Q.mp3　🎧 3-08.mp3

身體部位／健康／疾病

主題說明

這個主題也是很常出現在測驗中，會問你的身體特徵、如何保持身體健康、最滿意哪個身體部位，而這些問題會以 Do you have、What do you do、Which part of body 等疑問詞來開頭。（請用模擬測驗音檔先進行練習，再聽答題示範音檔）

1　Do you have big eyes or small eyes?

你的眼睛是大還是小呢？

參考答案

I have big eyes. However, they look small because of my ❶ nearsightedness.

我有雙大眼睛。然而因為我近視的關係，它們看起來很小。

學習解析

· 這題問的是身體部位的眼睛，所以要回答有雙大眼睛（big eyes）還是小眼睛（small eyes）。

❶ nearsightedness [`nɪr`saɪtɪdnɪs] 近視 n.

致勝關鍵 **KeyPoints**

★臉上其他部位的英文

英文	中文	英文	中文
forehead	額頭	cheek	臉頰
eyebrow	眉毛	mouth	嘴巴
nose	鼻子	lip	嘴唇
ear	耳朵	chin	下巴

2 What do you do to keep your teeth white and bright❶?

你如何保持又白又亮的牙齒？

I always brush my teeth❷ after having meals. Moreover, I use tooth floss❸ every morning and night.

我用完餐後總是會刷牙。此外，我每天早、晚都會使用牙線。

學習解析

❶ bright [braɪt] 明亮的 adj.

❷ brush teeth 刷牙

❸ tooth floss 牙線，也可以只說 floss

What do you do when you have a cold[❶]?

你感冒時會怎麼做？

 I go to see a doctor[❷] first. Then I take more rest and drink a lot of water.
我會先去看醫生，然後我會多休息以及喝很多的水。

學習解析

❶ have a cold 感冒

❷ see a / the doctor 看醫生；看病

 What do you do to stay healthy?

你如何保持身體健康？

 I exercise regularly[❶]. Besides, I neither[❷] smoke nor drink.
我有規律地運動。除此之外，我不抽菸、也不喝酒。

學習解析

❶ regularly [ˋrɛgjələlɪ] 有規律地 adv. → exercise regularly 規律地運動

❷ neither ~ nor ~ 既不～，也不～ → neither smoke nor drink 既不抽菸，也不喝酒

5 Which part of your body are you most satisfied with?

你最滿意身體的哪一個部位？

 參考答案 I'm most satisfied with my fingers. They're slender and long.
我最滿意我的手指，它們又細又長。

學習解析

❶ satisfied with ~ 對～感到滿意
❷ slender [`slɛndɚ] 纖細的 adj.

致勝關鍵 KeyPoints

★身體各部位的英文

英文	中文	英文	中文
head	頭	waist	腰部
face	臉	hip	臀部
neck	脖子	leg	腿
shoulder	肩膀	knee	膝蓋
arm	手臂	ankle	腳踝
wrist	手腕	heel	腳後跟
palm	手掌	toe	腳趾

常考生活
主題 **9**

模擬
測驗

答題
示範

🎧 3-09-Q.mp3　　🎧 3-09.mp3

房屋／建築

主題說明

這個類型的主題會問到房屋的外觀、房屋內部的陳設、客廳內有什麼東西、形容自己喜歡的房屋，而這些問題都會以 What kind of、How many bedrooms、What do you have、Do you prefer 等疑問詞來開頭。（請用模擬測驗音檔先進行練習，再聽答題示範音檔）

1 What kind of house do you live in?

你住什麼類型的房子？

參考
答案

I live in a five-story❶ apartment. Although it's quite old, it's a cozy❷ place.

我住在一棟五層樓的公寓。儘管蠻老舊的，但是住起來很舒適。

學習解析

・這題可以就自己所居住房屋的類型、樓層、外觀來簡單描述。

❶ story [`storɪ] = floor 樓層 n.

❷ cozy [`kozɪ] 舒適的 adj.

PART 3

2 How many bedrooms are there in your place?

你的住處有幾間臥室？

There are three **bedrooms**. The biggest one is my parents', one is mine, and the other one is the guest room.

有三間臥室。最大的房間是我爸媽的，一間是我的，還有另一間是客房。

學習解析

• 這題除了回答房間的數量外，也可以敘述每間房間的用途。

❶ guest room 客房

致勝關鍵 KeyPoints

★住家空間的英文

英文	中文	英文	中文
living room	客廳	dining room	餐廳
room	房間	bedroom	臥室
kitchen	廚房	bathroom	浴室
study room	書房	Japanese room	和室
garden	花園	balcony	陽台
garage	車庫	yard	庭院
roof	頂樓	basement	地下室
atrium	中庭	lobby	大廳

346

3 What do you have in your living room?

你家的客廳裡有什麼？

 There are a sofa, two armchairs, a table, a TV set, and two shelves.

Besides, we place family photos everywhere in the living room.

有沙發、兩張扶手椅、桌子、電視、和兩個架子。除此之外，我們的客廳到
處都擺滿了家人的照片。

學習解析

- 這題要回答客廳相關擺設的事物。客廳內常見的物件有：sofa = couch 沙
  發、armchair 扶手椅、table 桌子、TV set 電視、shelf 架子；此外還有
  fan 風扇、stereo 音響等。

4 What is your dream house like? Describe it.

你夢想中的房子是什麼樣子的？請描述一下。

 I dream to live in a white **house** with red roof❶ by the sea. It will

be perfect if it has a nice little garden with a swing❷ in it.

我夢想住在海邊的一棟有紅屋頂的白色房子裡，如果再加上有個盪鞦韆的美
麗小花園就很完美了。

學習解析

- 這題的回答要描述夢想房子的外觀、硬體設施。
- 除了用 I dream to live in ~「我夢想住在~」，也可以以 My dream house
  is ~「我夢想中的房子是~」來開頭。

❶ roof [ruf] 屋頂 n.

❷ swing [swɪŋ] 鞦韆 n.

5 Do you prefer to live in a big house or a small one?

你比較喜歡住在大房子還是小房子？

 I prefer to live in a small **house**. In this way, I don't have to ❶ spend lots of efforts cleaning the house.

我比較喜歡住在小房子裡，這樣一來，我就不用花很多力氣打掃房子了。

學習解析

· 這題問的是個人對房子大小的偏好，因此也要說明其中的原因。

❶ spend efforts + Ving 花很多功夫做某事

(ex) The writer spent efforts to writing his new book.

這位作家花很多功夫在寫他的新書。

常考生活
主題 **10**

模擬
測驗 　答題
示範

🎧 3-10-Q.mp3　　🎧 3-10.mp3

顏色／形狀

主題說明

這個主題是很好回答的類型，會問考生最喜歡的顏色、頭髮的顏色是什麼、說出各種形狀的物品等，而這些問題會以 Which、What color、What does the color make you think 等疑問詞來開頭。（請用模擬測驗音檔先進行練習，再聽答題示範音檔）

 ## Which is your favorite color?

哪一個是你最喜歡的顏色？

 I like white **the best**. It looks clean and bright.

我最喜歡白色，看起來乾淨又明亮。

學習解析

・這題問的是喜歡的顏色，也可以說明喜歡的原因。

・I like (color) the best. = My favorite color is (color).

・主詞 + look(s) + adj.，意思是「～看起來～」

(ex) His new dress looks awful.

他的新衣服看起來很嚇人。

致勝關鍵 KeyPoints

★各種顏色的英文

英文	中文	英文	中文
black	黑色	white	白色
gold	金色	silver	銀色
red	紅色	yellow	黃色
orange	橙色	green	綠色
blue	藍色	purple	紫色
gray	灰色	indigo	靛藍色
pink	粉紅色	brown	咖啡色

2 What color is your hair?

你的頭髮是什麼顏色？

 It used to be black. I dyed it ❶ light ❷ brown.

本來是黑色的，我把它染成了淺咖啡色。

學習解析

- used to + 原形動詞，意思是「過去曾經是～」

  (ex) I used to walk to school. 我以前走路上學。

❶ dye [daɪ] 給～染色 v. → dye + 物 + 顏色 把～染成～色

  (ex) dye cloth red　把布料染成紅色

❷ light [laɪt] 淺色的 adj. ↔ dark [dɑrk] 深色的 adj.

(ex) dark green　深綠色

3 What does the color red make❶ you think of?

紅色讓你聯想到什麼？

參考
答案

Red brings me the feeling of heat❷. Therefore, **it makes me think of** the sun.

紅色帶給我一種熱度的感覺，因此它會讓我想到太陽。

學習解析

❶ make + 人 + think of ~ 讓人聯想到～

(ex) These pictures made Sally think of her mother.

這些照片讓莎莉想起她的母親。

❷ heat [hit] 溫度；熱度 n.

4 Can you name three things in the shape of ❶circles?

你能說出三樣圓形的東西嗎？

參考
答案

Balls **are** round❷. **So are** the full moon❸ **and** the sun.

球是圓的，而滿月和太陽也是。

學習解析

❶ circle [ˋsɝk!] 圓形 n.

❷ round [raʊnd] 圓的 adj.

❸ full moon 滿月

致勝關鍵 **KeyPoints**

★各種形狀的英文

英文	中文	英文	中文
triangle	三角形	square	正方形
rectangle	長方形	diamond	菱形
trapezoid	〔美〕梯形	sector	扇形
semicircle	半圓形	oval	橢圓形
pentagon	五角形	hexagon	六角形

5 Name one ball which is not round.

說出一種不是圓形的球。

 ❶Footballs **and** ❷rugby balls **are not round**. They are ❸oval.

美式足球和橄欖球不是圓的，它們是橢圓形的。

學習解析

❶ football [ˋfʊtˏbɔl] 美式足球 n.（和 soccer [ˋsɑkɚ] 足球 n. 兩者是不同的）

❷ rugby ball [ˋrʌgbɪ bɔl] 橄欖球 n.

❸ oval [ˋovl] 橢圓形的 adj.

模擬
測驗

答題
示範

🎧 3-11-Q.mp3　　🎧 3-11.mp3

服飾

主題說明

這個主題要熟悉各種服飾的英文，通常會問考生穿什麼樣的衣服、買衣服會花多少錢、工作或上學時會穿什麼衣服等，這些問題會以 What、How much、What size 等疑問詞來開頭。（請用模擬測驗音檔先進行練習，再聽答題示範音檔）

1 What are you wearing today?

你今天穿什麼衣服？

參考
答案

I'm wearing jeans❶ and a pink T-shirt❷. Besides, I bring a windbreaker❸ in case❹ it gets colder at night.

我穿牛仔褲和粉紅色的 T 恤。此外，我還帶了一件風衣，以防晚上變冷。

學習解析

❶ jeans [dʒinz] 牛仔褲 n.

❷ T-shirt [`ti‚ʃɝt] 圓領汗衫，T 恤 n.

❸ windbreaker [`wɪnd‚brekɚ] 風衣 n.

❹ in case 以防萬一

致勝關鍵 KeyPoints

★各種服裝的英文

英文	中文	英文	中文
pants	長褲	shorts	短褲
shirt	男襯衫	blouse	女襯衫
vest	【美】背心	dress	洋裝
jacket	夾克	coat	外套
sweater	毛衣	skirt	裙子
suit	西裝；套裝	uniform	制服
swimming trunks	泳褲	swimsuit	泳衣
leisure clothes	休閒服	nightclothes	睡衣（複數）

2 How much do you spend on buying clothes every month?

你每個月花多少錢買衣服？

 Usually I spend about 3000 **dollars on clothes every month**. Yet the ❶ budget for clothing will ❷ go up to 10,000 dollars in the ❸ sale seasons.

通常我每個月花三千元在買衣服上。不過遇到減價拍賣季，置裝預算就會提高到一萬元。

學習解析

❶ budget [`bʌdʒɪt] 預算 n.

❷ go up to ~ 到達（某程度）

❸ sale [sel] 銷售活動 n. → sale seasons 減價拍賣季

3 What do you usually wear when you go to work?

你在上班時通常會穿什麼衣服？

 I usually wear suits❶ from Monday to Thursday. On Fridays, I wear jeans and T-shirts.

從週一到週四我都穿著西裝，在週五我就穿著 T 恤、牛仔褲。

學習解析

❶ suit [sut] 西裝 n.（與西裝相關的服裝有：shirt 襯衫、vest 西裝背心、trouser suit 女性褲裝套裝）

4 What do you usually wear when you go to school?

你在上學時通常會穿什麼衣服？

 I usually wear the uniforms❶. When there's a PE❷ class, I wear my sports outfit❸.

我通常穿制服。要是有體育課的話，我就會穿著運動服。

學習解析

❶ uniform [ˋjunəˌfɔrm] 制服 n.

❷ PE = physical education 體育

❸ sport outfit = sportswear 運動服裝

5 What size of clothes do you wear?
你穿什麼尺寸的衣服？

參考答案 **I usually wear the** small **size**. But sometimes I choose the medium size because it's more comfortable to wear lager clothes.
我通常穿小號的衣服。不過有時我會選擇中尺碼的衣服，因為穿更大件的衣服會比較舒適。

學習解析

・衣服常見的尺寸標示：small size S 號；小尺碼／medium size M 號；中尺碼／large size L 號；大尺碼

常考生活
主題 *12*

模擬
測驗 　答題
示範

🎧 3-12-Q.mp3　🎧 3-12.mp3

職業

主題說明

這個主題也很常出現在測驗中，因此考生要熟悉各種職業的英文，而問題通常會問考生現在從事什麼職業、家人在做什麼工作，或是有沒有想過從事某個工作，這些問題會以 Yes/ No 問題或 What 等疑問詞來開頭。（請用模擬測驗音檔先進行練習，再聽答題示範音檔）

1 What's your job?

你從事什麼工作？

參考
答案 **I'm** an elementary school teacher❶. I teach music.

我是一名小學老師，我教授音樂。

學習解析

❶ elementary school teacher 小學老師

致勝關鍵 **KeyPoints**

★學校老師的英文

英文	中文
high school teacher	中學老師
lecturer	講師
professor	教授

2 Do you like your present job?

你喜歡你現在的工作嗎？

 I do love **my ❶present job**. I have a nice ❷boss and friendly
❸colleagues. Also the working environment is great.
我很愛我現在的工作。我有個好老闆和友善的同事們，而且工作環境也很好。

學習解析

❶ present [`prɛzn̩t] 現在的，當前的 adj.

❷ boss [bɔs] 老闆 n.

❸ colleague [`kɑlig] 同事 n.；supervisor [ˌsupɚ`vaɪzɚ] 主管 n.

3 What does your father do?

你的父親從事什麼樣的工作？

My father is a businessman. He runs a shipping business.

我的父親是個商人，他經營一項運輸事業。

學習解析

❶ businessman [`bɪznɪsmən] 生意人；商人 n.（零售商則是用 merchant [`mɝtʃənt] n.）

❷ run [rʌn] 經營 v. → run ~ business 經營～產業

　(ex) run a shop　經營商店

　(ex) run a company　經營公司

　(ex) run trade business　經營貿易產業

　(ex) run entertainment business　經營娛樂產業

4 What did you want to be when you were a child?

你小時候想做什麼樣的工作？

 When I was a little boy, I wanted to be a sailor. Though I am not a sailor, I still wish I can travel around to see the world.

當我還是個小男孩時，我想當一個水手。雖然我現在不是水手，我還是希望我可以到處旅行、看看這個世界。

學習解析

❶ sailor [`selɚ] 水手；船員

❷ though = although 雖然～但是～（注意不可與 but 連用）

PART 3

5 Have you ever thought of being an astronaut?

你曾經想過要當太空人嗎？

參考答案 **Yes, I had that idea when I was little**. But soon I realized it's a pretty big job so I gave up.

是的，我小時候曾經有過那個想法，但是我很快就了解到那是個非常重大的工作，所以我就放棄了。

學習解析

❶ astronaut [ˈæstrəˌnɔt] 太空人 n. = spaceman

❷ give up 放棄

常考生活
主題 *13*

模擬
測驗

答題
示範

🎧 3-13-Q.mp3　　🎧 3-13.mp3

交通工具／運輸

主題說明

這類的主題很常出現在口說測驗中，會問考生如何去上學／上班，對交通運輸相關的議題有什麼看法、有多常搭乘某個交通工具等，這些問題會以 How、How often、In your opinion、what 等疑問詞來開頭。（請用模擬測驗音檔先進行練習，再聽答題示範音檔）

1 How do you go to work?

你如何去上班？

參考答案

I usually ride my scooter **to work**. If it rains, I take a bus.
我通常騎輕型機車去上班。如果下雨的話，我會搭公車。

學習解析

❶ scooter [`skutɚ] 輕型機車 n.；motorcycle [`motɚ͵saɪkl] 摩托車 n.

❷ take a bus 搭公車（take 有「搭乘」的意思，可以與其他交通工具連用）

　　(ex) take a taxi　搭計程車

　　(ex) take a train　搭火車

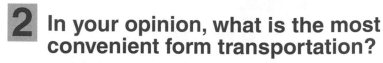

PART 3

2 In your opinion, what is the most convenient form transportation?

依你的看法，最便利的運輸工具形式為何？

I think airplanes are the most convenient form of transportation. They are not only❶ fast but also efficient.
我認為飛機是最便利的交通運輸形式，不僅快速又很有效率。

學習解析

❶ not only ~ but also ~ 不僅～而且～

3 What kind of transportation will you choose if you want to travel around Taiwan?

如果你要在台灣環島旅遊，你會選擇哪一種交通工具？

I will choose to travel by❶ train. Taiwan has a sound❷ railway❸ system. What's more, it's safe and comfortable to travel by train.
我會選擇搭火車旅遊。台灣有完善的鐵路系統。再者，搭火車旅行既安全又舒適。

學習解析

❶ travel by ~ 以～方式旅行
❷ sound [saʊnd] 健全的；完好的 adj.
❸ railway [ˋrelˌwe] 鐵路；鐵道 n.

How often do you take a taxi?

你多常搭計程車？

 I seldom **take a taxi**. I only take a taxi two or three times a year.

我很少搭計程車。一年中我只搭兩、三次計程車。

學習解析

❶ take a taxi 搭計程車

❷ seldom [`sɛldəm] 不常，很少 adv.

❸ ~ times a year 一年～次

 How do you like the MRT?

你對捷運有什麼看法？

 I think the MRT is not only fast but also very convenient.

我認為捷運不僅很快速，而且也很便利。

學習解析

❶ MRT = Mass Rapid Transit （捷運）大眾快捷運輸系統（Mass [mæs] 大眾 n.；rapid [`ræpɪd] 快速的；快捷的 adj.；transit [`trænsɪt] 運輸系統 n.）

🎧 3-14-Q.mp3　　🎧 3-14.mp3

天氣／季節

主題說明

這種類型的主題很常會問考生最喜歡的季節、在哪個季節會做什麼活動、喜歡哪個季節等，這些問題會以 What is your favorite、which season、Do you prefer 等疑問詞來開頭。（請用模擬測驗音檔先進行練習，再聽答題示範音檔）

1 What is your favorite season of the year?

一年之中你最喜歡哪一個季節？

 I like summer **most**. It's the season for sunshine, beaches, and ❶ surfing.

我最喜歡夏天了。那是屬於陽光、沙灘和衝浪的季節。

 學習解析

· like ~ most = like ~ the best，意思是「最喜歡～」

· the season for + n. / Ving，意思是「～的季節」

ⓔⓧ the season for bluefin tuna　黑鮪魚的季節

ⓔⓧ the season for shopping　購物季

❶ surfing [`sɝ`fɪŋ] 衝浪 n.

In your opinion, which season is good for traveling?

依你的看法，哪個季節是旅遊的好時機？

 In my opinion, spring time **is perfect for taking a trip**. It's neither too cold nor too hot.

依我的看法，春天是最適合旅遊的季節，既不會太冷也不會太熱。

學習解析

· in + 所有格 + opinion，意思是「依某人的看法」

· perfect for + n. / Ving，意思是「最適合～」

(ex) The garden is perfect for party.

這座花園很適合聚會。

· neither A nor B，意思是「不是 A，也不是 B；A、B 兩者皆非」

 Do you prefer to summer or winter? Why?

你比較喜歡夏天還是冬天？為什麼？

I prefer winter time. I don't like ❶sweat ❷all day long.

我比較喜歡冬天，我不喜歡一整天都在流汗。

學習解析

❶ sweat [swɛt] 出汗 v.；汗水 n.

(ex) There was lots of sweat on his back.

他背上流了很多汗。

❷ all day long 一整天

PART 3

4 Which season were you born in?

你出生於哪個季節？

  I was born in summer. I think that's why I like summer activities[1]

so much.

我在夏天出生。我想那就是為什麼我這麼喜歡夏日活動的原因。

學習解析

・be 動詞 + born，意思是「出生」

(ex) The baby was born yesterday morning.

這個小嬰兒在昨天早上出生。

[1] summer activity 夏日活動

致勝關鍵 KeyPoints

★各種夏日活動的英文

英文	中文
surfing	衝浪
swimming	游泳
diving	潛水
snorkeling	浮潛
sunbath	日光浴

5 What activities do you usually do in spring?

你在春天通常會做什麼活動？

 Spring is perfect for outings❶. So I usually go on picnics❷ in spring time.

春天非常適合出門踏青，所以我經常在春天的時候去野餐。

學習解析

❶ outing [`aʊtɪŋ] 遠足；郊遊 n. = picnic

❷ go on a picnic 去野餐

常考生活
主題 15

模擬
測驗
答題
示範
🎧 3-15-Q.mp3   🎧 3-15.mp3

動物／寵物

主題說明

因為近年來越來越多人都會養寵物，因此這種類型的主題通常會問考生與動物有關的個人經驗，像是有沒有養寵物、喜歡哪些動物等，問題會以 which one、Yes/No 問題等疑問詞來開頭。（請用模擬測驗音檔先進行練習，再聽答題示範音檔）

1 Which one do you prefer❶, dogs or cats? Why?

你比較喜歡狗還是貓？為什麼？

參考答案 **I like** dogs **better**. Dogs are friendly and faithful❷ friends.
我比較喜歡狗。狗是友善又忠誠的朋友。

學習解析

❶ prefer ~ = like ~ better 比較喜歡～

❷ faithful [`feθfəl] 忠誠的 adj.

2 Do you have a pet?

你有養寵物嗎？

Yes, I have a ❶Poodle. It's a cute little ❷puppy.
是的，我有養一隻貴賓狗，它是隻可愛的小狗。

學習解析

- 這題問的是個人的寵物，要以寵物的種類和特徵加以描述。
- ❶ Poodle [`pudl] 貴賓狗 n.
- ❷ puppy [`pʌpɪ] 小狗，幼犬 n.（指的是未長為成犬的小狗，而非指體型小的狗）

致勝關鍵 KeyPoints

★各種狗的英文

英文	中文
Taiwan Dog	台灣犬
Maltese	瑪爾濟斯
Beagle	米格魯
Pomeranian	博美狗
Husky	哈士奇
Schnauzer	雪瑞納
Akita	秋田犬
Shin Tzu	西施狗
Chihuahua	吉娃娃
Dalmatian	大麥町
Labrador	拉不拉多
Golden Retriever	黃金獵犬

3 What is your favorite animal in the zoo?
在動物園裡，你最喜歡的是什麼動物？

 I like monkeys. Seeing them ❶monkey around makes me laugh.
我喜歡猴子，看牠們調皮搗蛋的模樣讓我發笑。

學習解析

・這題問的是動物園中最喜歡的動物種類，必須回答喜歡的動物和原因。

❶ monkey around 【口】調皮搗蛋

(ex) Don't monkey around in the house.
不要在房子裡搗蛋。

致勝關鍵 KeyPoints

★動物園中各種動物的英文

英文	中文	英文	中文
tiger	老虎	lion	獅子
elephant	大象	giraffe	長頸鹿
zebra	斑馬	goat	山羊
spotted deer	梅花鹿	ostrich	鴕鳥
bear	熊	camel	駱駝
gorilla	大猩猩	koala	無尾熊
panda	熊貓	penguin	企鵝
peacock	孔雀	crane	鶴

4 Do you know what the biggest animal is?

你知道最大的動物是什麼嗎？

 On the land, **the biggest animal is** the elephant. Meanwhile, whales are the biggest sea animals.

在陸地上，最大的動物是大象。然而，鯨魚是最大的海洋動物。

學習解析

❶ on the land 陸地上 ↔ in the sea 海洋中

(ex) Whales are the biggest animal in the sea.

鯨魚是海洋中最大的動物。

❷ sea animal 海洋動物 ↔ land animal 陸地動物

(ex) Elephants are the biggest land animal.

大象是最大的陸地動物。

5 Are there any animals which you're afraid of?

你有害怕任何一種動物嗎？

 I'm afraid of lizards and snakes. I think they're creepy.

我害怕蜥蜴和蛇，我認為牠們讓人起雞皮疙瘩。

學習解析

· be 動詞 + afraid of + 物，意思是「害怕某物」

(ex) Children are afraid of toads. 小孩子害怕蟾蜍。

❶ lizard [`lɪzɚd] 蜥蜴 n.

❷ creepy [`kripɪ] 令人毛骨悚然的 adj.

常考生活
主題 *16*

模擬
測驗

答題
示範

🎧 3-16-Q.mp3　　🎧 3-16.mp3

節日

主題說明

這類的主題很常在口說測驗中出現，通常會問考生在節日會做什麼、如何慶祝這個節日、最喜歡的節日等，這些問題會以 What、How、Yes/No 問題的疑問詞來開頭。（請用模擬測驗音檔先進行練習，再聽答題示範音檔）

1 **What do you eat on Chinese New Year?**

你在春節時都會吃什麼？

參考答案

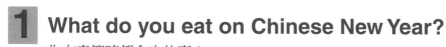

I usually eat fish, ❶ rice cakes, and ❷ tangerines. They all mean good ❸ luck
to Chinese people.

我通常會吃魚、年糕和橘子。對中國人來說，這些都代表好運。

學習解析

❶ rice cake 年糕

❷ tangerine [`tændʒə͵rin] 橘子 n.（orange 則是柳橙）

❸ luck [lʌk] 運氣 n.（good luck 好運 ↔ bad luck 壞運）

(ex) People in England said breaking a mirror brings seven years' bad
luck.

英國人說打破鏡子會帶來七年惡運。

372

2 How do you celebrate Christmas?

你怎麼慶祝聖誕節？

 On Christmas, I usually have my Christmas dinner with my

good friends. After dinner, we will go to pubs and have some fun.

在聖誕節時，我經常會跟朋友們吃聖誕晚餐。吃完晚餐後，我們會去酒吧玩樂。

學習解析

❶ Christmas dinner 聖誕晚餐（也可以說 Christmas feast 聖誕大餐，feast [fist] 盛宴 n.）

❷ have fun 玩得高興

3 Do you go tomb sweeping on Tomb-sweeping festival?

你在清明節時會去掃墓嗎？

 My family always go tomb sweeping on Tomb-sweeping

festival. It's the way to pay respect to our ancestors.

我家在清明節總是會去掃墓，藉以表示對祖先的敬意。

學習解析

❶ tomb sweeping 掃墓；tomb-sweeping festival 清明節；tomb [tum] 墳墓 n.；sweep [swip] 清潔；打掃 v.

❷ pay respect to ~ 表達敬意

❸ ancestor [ˋænsɛstɚ] 祖先 n.

4 What is your favorite holiday?

你最喜歡的節日是什麼？

 My favorite holiday is Chinese New Year. It is because I can get ❶ lucky money from ❷ elders at that time.

我最喜歡的節日是春節，這是因為在那時候我可以收到長輩給的壓歲錢。

學習解析

❶ lucky money 壓歲錢；red envelop 紅包

❷ elder [ˋɛldɚ] 長輩 n.

5 What are the three major Chinese holidays?

中式的三大節日為何？

 They're the ❶ Dragon Boat Festival, the ❷ Moon Festival, and the Chinese New Year. Families always ❸ get together on these three holidays.

是端午節、中秋節和春節，家庭總是在這三個節日團聚。

學習解析

❶ Dragon Boat Festival 端午節；dragon boat 龍舟

❷ Moon Festival, Mid-Autumn Festival 中秋節

❸ get together （人）團聚

常考生活
主題 *17*

模擬
測驗

答題
示範

🎧 3-17-Q.mp3　　🎧 3-17.mp3

地方

主題說明

這種類型的主題會問考生喜歡哪個國家、去過什麼國家、住在哪裡、通常在哪裡做什麼事情，這些問題會以 Which country、What place、Where 等疑問詞來開頭。（請用模擬測驗音檔先進行練習，再聽答題示範音檔）

1　Which country do you like best?

你最喜歡哪一個國家？

參考
答案

I like ❶New Zealand best. The ❷abundant natural resources there are
❸appealing to me.

我最喜歡紐西蘭，那裡豐富的自然資源很吸引我。

學習解析

❶ New Zealand [nju `zilənd] 紐西蘭

❷ abundant [ə`bʌndənt] 豐富的 adj.

❸ appealing to + n. 對～很有吸引力

(ex) Good healthy care appealing to the people fear getting old.
良好的保健方式對害怕變老的人很有吸引力。

2 What are the foreign countries that you have been to before?

你之前曾經去過什麼國家？

 I have been to Europe **once. During that trip, I visited** France, Germany, **and the** UK.

我去過一次歐洲。那次旅途中，我遊覽了法國、德國和英國。

學習解析

❶ Europe [`jʊrəp] 歐洲 n.

❷ France [fræns] 法國 n.

❸ Germany [`dʒɝ·mənɪ] 德國 n.

❹ the UK (the United Kingdom) 英國 n.

3 What places in Taiwan would you like to introduce to your foreign friends?

你會想介紹台灣的哪些地方給你的外國朋友？

 I will bring them to the National Palace Museum. **In the museum, they can** experience **the beauty of Chinese cultures.**

我會帶他們去故宮博物院。在博物館內，他們可以體驗中華文化之美。

學習解析

❶ National Palace Museum 故宮博物院；national [`næʃənl] 國立的 adj.；palace [`pælɪs] 皇宮 n.

❷ experience [ɪk`spɪrɪəns] 經歷；體驗 v.

致勝關鍵 KeyPoints

★台灣著名景點的英文

英文	中文
Lin Family Mansion and Garden	林本源園邸（林家花園）
Longshan Temple	龍山寺
Snake Alley (Taipei)	台北華西街
Beitou Hot Spring Museum	北投溫泉博物館
Yingge Ceramic Museum	鶯歌陶瓷博物館
Taipei 101 building	台北一○一
Chiang Kai-shek Memorial Hall	中正紀念堂
Jiufen	九份
Sun Moon Lake	日月潭
Urban Spotlight	城市光廊

4 Where do you live?

你住在哪裡？

 I live in a small town in Ping-dong. It's a lovely and peaceful place.
我住在屏東的一個小鎮上，那是個可愛又寧靜的地方。

學習解析

❶ lovely [ˈlʌvlɪ] 可愛的 adj.
❷ peaceful [ˈpisfəl] 平靜的；和平的 adj.

5 Where do you usually go to spend your weekends?

你經常會去哪裡度過週末？

 I usually go downtown **on weekends**. Here I can do some shopping or see movies.

週末時我經常會去鬧區，我可以在這裡買一些東西或看電影。

學習解析

❶ downtown [͵daʊn`taʊn] 鬧區；市中心 n.

❷ shopping [`ʃɑpɪŋ] 購物 n. → do shopping 進行購物活動

常考生活
主題 **18**

模擬
測驗

答題
示範

🎧 3-18-Q.mp3　　🎧 3-18.mp3

運動

主題說明

這種類型的主題要熟悉各種運動的英文，會問考生最喜歡的運動、是否喜歡或不喜歡從事什麼運動、擅長什麼運動，這些問題會以 What、What sport、In your opinion、Yes/No 問題等疑問詞來開頭。（請用模擬測驗音檔先進行練習，再聽答題示範音檔）

1 What is your favorite sport?

你最喜歡的運動是什麼？

 ❶Soccer **is my favorite sport**. Yet I only enjoy watching it ❷rather than playing it.

足球是我最喜歡的運動，不過我只喜歡看球賽，而不喜歡踢球。

學習解析

❶ soccer [`sɑkɚ] 足球 n.（football 指的是美式足球）

❷ rather than 而不是～

2 Do you like playing basketball?

你喜歡打籃球嗎？

 I do **like to play basketball**. In fact, I always play basketball with my friends after school.

我很喜歡打籃球。事實上，我放學後都會和朋友打籃球。

學習解析

· I do like to play basketball. 句中的 do 代表強調語氣。

❶ fact [fækt] 事實 n. → in fact 事實上

❷ after school 放學後

3 What sports are you good at?

你擅長什麼運動？

 I'm good at playing table tennis. I've been playing it since I was ten years old.

我擅長打桌球，我自從十歲就開始打桌球了。

學習解析

❶ good at 擅長（因此 What sports are you good at? 問的是個人擅長的運動項目）

❷ table tennis [`tebḷ `tɛnɪs] 桌球（也可以用 ping-pong 來表達）

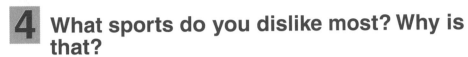

4 What sports do you dislike most? Why is that?

你最不喜歡的運動是什麼？為什麼？

My ❶ least favorite sport is ❷ dodge ball. I don't like being hit by balls. Besides, playing dodge ball always ❸ makes me nervous.

我最不喜歡的運動是躲避球，我不喜歡被球打到。而且，打躲避球總是會讓我很緊張。

學習解析

❶ least [list] 最不；最小；最少 adv. → least favorite 最不喜歡的

❷ dodge ball [dɑdʒ bɔl] 躲避球 n. → play dodge ball 打躲避球

❸ nervous [`nɝvəs] 緊張不安的 adj. → make + 人 + nervous 讓某人緊張

(ex) Playing a race made Kelly nervous.

參加賽跑讓凱莉感到緊張。

5 In your opinion, what is the most popular sport in Taiwan?

依你的看法，在台灣最受歡迎的運動是什麼？

I think ❶ baseball is the most popular one. I myself am a ❷ huge baseball ❸ fan.

我認為棒球是最受歡迎的運動，我自己就是個超級棒球迷。

學習解析

❶ baseball [`bes͵bɔl] 棒球 n.

❷ huge [hjudʒ] 巨大的;非常的 adj.

❸ fan [fæn] （運動、電影等）愛好者;【口】粉絲 n.

致勝關鍵 KeyPoints

★各種運動的英文

英文	中文
volleyball	排球
marathon	馬拉松
golf	高爾夫球
boxing	拳擊
badminton	羽毛球
cycling	騎自行車
hockey	曲棍球
archery	射箭
Taekwondo	跆拳道
karate	空手道
kickboxing	踢拳
kart racing	小型賽車

常考生活
主題 *19*

模擬測驗 　　答題示範

🎧 3-19-Q.mp3　　🎧 3-19.mp3

嗜好／興趣

主題說明

這種類型的主題非常生活化，經常會在口說測驗中出現，考生通常會被問到自己的嗜好、是否會做某個活動、有空會做什麼等的問題，這些問題會以 What、Yes/No 問題等疑問詞來開頭。（請用模擬測驗音檔先進行練習，再聽答題示範音檔）

1 What's your hobby?

你的嗜好是什麼？

參考答案　**I collect** comic books. My ❶ collection is over one thousand ❷ copies.
我收集漫畫書，我的收藏有超過一千本。

學習解析

· 這題問的是 hobby [`hɑbɪ] 嗜好 n.，回答可以用 comic book 漫畫書當作例子，並說明收藏的狀況，也可以其他種類的收藏來回答。

❶ collection [kə`lɛkʃən] 收藏品 n.

❷ copy [`kɑpɪ]（相同書、報、雜誌等的）份，本，冊 n.

2 Do you collect stamps?

你會收集郵票嗎？

 I used to collect stamps **when I was** in junior high school. But I quit soon.

我在唸國中時經常集郵，但是我很快就放棄了。

學習解析

❶ collect [kə`lɛkt] 收集 v.

❷ stamp [stæmp] 郵票 n.

3 What do you like to do in your free time?

你在空閒時喜歡做什麼？

 I like to drink herb tea and read my favorite books. That's quite enjoyable!

我喜歡喝花草茶，以及看我最喜歡的書，那真是非常享受！

學習解析

❶ free [fri] 空閒的 adj. → free time 空閒時間

❷ herb [hɝb] 草本植物 n. → herb tea 花草茶

4 What kind of books do you like?

你喜歡哪一種類型的書？

 I like ❶children's books, **especially** ❷picture books.

我喜歡童書，尤其是繪本。

學習解析

❶ children's book 童書（也可說成 children book）

❷ picture book 繪本（以大量圖片為主的書）

致勝關鍵 KeyPoints

★各種書籍的英文

英文	中文
fiction	小說
novel	（長篇）小說
prose	散文
reference book	工具書；參考書
textbook	教科書
mook	雜誌式書籍
guidebook	旅遊指南；手冊
comic book	漫畫書
e-book	電子書

5 Do you like gardening?[1]

你喜歡從事園藝嗎?

 Yes, I do. I spend lots of efforts[2] working on my little yard every morning.

是的,我喜歡。我每天早上都花很多精力在整理我的小庭院。

學習解析

❶ garden [`gɑrdn̩] 從事園藝 v.
❷ effort [`ɛfət] 努力,盡力 n.

常考生活
主題 *20*

模擬測驗
答題示範

🎧 3-20-Q.mp3   🎧 3-20.mp3

學校／學習

主題說明

這種類型的主題對考生來說應該會很容易回答，考生會被問最喜歡的科目、學習的方法、是否在補習班學習等問題，這些問題通常會以 What、How、Yes/No 問題等疑問詞來開頭。（請用模擬測驗音檔先進行練習，再聽答題示範音檔）

1 What's your favorite **subject**❶ in school?

你在學校最喜歡的科目是什麼？

 I like science **best**. ❷Doing experiments is very ❸interesting.

我最喜歡自然，做實驗很有趣。

學習解析

❶ subject [`sʌbdʒɪkt] 學科；科目 n.

❷ experiment [ɪk`spɛrəmənt] 實驗 n. → do experiments 做實驗

❸ interesting [`ɪntərɪstɪŋ] 有趣的 adj.

PART 3

2 **How do you study English?**
你如何學習英文？

 I listen to English radio programs **and read English**

newspapers. Also I make foreign pen pals.
我會聽英文廣播節目和閱讀英文報紙，我也有交外國筆友。

學習解析

❶ radio [`redɪˌo] 廣播 n. → radio program 廣播節目
❷ pen pal 筆友 → make pen pals 交筆友

3 **Do you go to any cram schools?**
你有去上任何的補習班嗎？

 Yes, I do. I have English **class in the** cram school **every**

Tuesday **and** Friday.
是的，我有。我每個星期二、五會到補習班上英文課。

學習解析

❶ cram school [kræm skul] 補習班
❷ Tuesday [`tjuzde] 星期二 n.
❸ Friday [`fraɪˌde] 星期五 n.

Do you use online dictionaries to look up ❶ English vocabulary?

你使用線上字典來查英文單字嗎？

參考答案 Sometimes **I do use it to look up** new words. But most of the time I use ordinary English-Chinese dictionaries.
❷ ❸
有時候我會用它來查新單字，但是大多數時候我會用是一般的英漢字典。

學習解析

- 回答這題要先聽懂問題中的關鍵詞 online dictionary [`ɑn͵laɪn `dɪkʃən͵ɛrɪ] 線上字典 n.。
- ❶ look up 查詢
- ❷ ordinary [`ɔrdn͵ɛrɪ] 普通的；通常的 adj.
- ❸ English-Chinese dictionary 英漢字典

　　(ex) Chinese-English dictionary　漢英字典

　　(ex) English-English dictionary　英英字典

 Do you always follow your study plans?

你總是會按照你的讀書計畫嗎？

參考答案 **It's** difficult **for me to follow my study plans because** I often set unreasonable objectives. Therefore, I usually fail to stick to my
❶ ❷
plans.
我很難按照我的讀書計畫，因為我時常設定不合理的目標。因此，我通常無法持續我的計畫。

學習解析

- It is difficult for + 人 + to ~，意思是「對某人來說，做～是很困難的」。

  (ex) It is difficult for Tom to get up at six in the morning.

  對湯姆來說，在早上六點起床是很困難的。

❶ unreasonable [ʌn`riznəbl] 不合理的 adj. ↔ reasonable [`riznəbl] 合理的 adj.

❷ stick to ~ 忠於；堅持～

  (ex) The policeman sticks to his duty.

  這位警察忠於他的職責。

常考生活
主題 *21*

模擬
測驗

答題
示範

🎧 3-21-Q.mp3   🎧 3-21.mp3

其他情境

主題說明

這種類型的主題通常會放在回答問題的最後一題，題目會設定一個情境，讓考生把自己帶入這個情境，並做出相對應的回答，因此一定要把題目聽清楚再作答，若回答不相關的內容，就沒辦法得到分數。（請用模擬測驗音檔先進行練習，再聽答題示範音檔）

1 You found that your mom read your text messages about having a fight with your best friend. Say something to your mom.

你發現你媽媽看了關於你已經跟好友吵架的簡訊，請跟媽媽說一些話。

參考
答案 Mom, **I know** you care about me, **but you shouldn't** read my text messages. I'm not a kid, and I need my privacy.

媽，我知道你關心我，但妳不該看我的簡訊。我不是小孩子了，而且我需要自己的隱私。

學習解析

❶ text [tɛkst] 文本 n. → text message 簡訊

❷ have a fight with ~ 與～吵架

❸ privacy [ˋpraɪvəsɪ] 隱私 n.

2 **Your friend makes you a dish❶ on your birthday, but it's too plain❷ for you to take. Say something to him or her when you're eating it.**

你的朋友在你生日時做一道菜來招待你，但這道菜對你來說味道太淡而難以下嚥。你在吃的時候，請對他／她說一些話。

Thank you for the treat❸, **and I really appreciate❹ that**. Well, the dish would taste❺ better if it had a bit more salt❻, but I still enjoy it.
謝謝你的招待，我真的很感激。呃，這道菜如果再加一點鹽巴可能會更好吃，不過我還是很喜歡的這道菜。

學習解析

❶ dish [dɪʃ] 菜餚 n. → make a dish 做一道菜

❷ plain [plen] 清淡的 adj.

❸ treat [trit] 請客 n.

❹ appreciate [əˈpriʃɪˌet] 感謝，感激 v.

❺ taste [test] 嚐到 v.

❻ salt [sɔlt] 鹽 n.

3 **You get a scam call❶ asking you to transfer money❷. Say something to the caller on the phone.**

你接到一通詐騙電話要你去轉帳，請在通話中跟他說一些話。

Wait, **can you tell me who you are?** I need to check with my bank about this. If you can't, I'll report it to the police.

等一下，你可以告訴我你是誰嗎？我需要跟銀行核對這件事；如果你說不出來，那我就要報警了。

學習解析

❶ scam [skæm] 詐騙 n. → scam call 詐騙電話

❷ transfer [træns`fɝ] 轉移 v. → transfer money 轉帳

❸ check with ~ 和～核對

❹ police [pə`lis] 警察，警方 n.

4 You have an English test next Friday, but your brother's wedding is also on the same day. Ask your English teacher what to do.

你在下週五有個英文考試，但你哥哥的婚禮也在同一天，請詢問你的英文老師該怎麼辦。

 Ms. Li, **I can't make it to the test** next Friday **because I'll go to** my brother's wedding. Could I take the make-up test some other day?

李老師，我下週五來不及參加考試，因為我要去參加我哥哥的婚禮。我可以改天再補考嗎？

PART 3

學習解析

❶ wedding [`wɛdɪŋ] 婚禮 n.

❷ make it to ~ 及時趕到～

❸ make-up [`mekʌp] 彌補 → make-up test 補考

5 **You're about to pay for a meal when you discovered that you're been overcharged. Tell someone at the counter about this.**

你準備結帳餐點時，發現你被店家多收錢。請跟櫃臺人員反應這件事。

 Excuse me, but I think there's some mistake. The soup is 25 dollars on the menu, but it's 35 dollars on the bill. Could you correct it for me, please?

不好意思，我覺得有些錯誤。在菜單上這碗湯是 25 元，但帳單上卻是 35 元。可以請你改正嗎？

學習解析

❶ discover [dɪs`kʌvɚ] 發現 v.

❷ overcharge [ovɚ`ʧɑrdʒ] 多收錢 v.

❸ counter [`kaʊntɚ] 櫃臺 n.

❹ correct [kə`rɛkt] 改正 v.

Chapter 3
模擬試題

初級口說測驗
一回完整模擬試題
& 答題示範

全民英語能力分級檢定測驗

初級口說能力測驗

test.mp3

請在 15 秒以內完成並唸出下列自我介紹的句子：

My seat number is （座位號碼後 5 碼）, and my registration number is （考試號碼後 5 碼）.

第一部分：複誦

共五題。題目不印在試卷上，由耳機播出，每題播出兩次，兩次之間大約有一至二秒的間隔。聽完兩次後，請馬上複誦一次。

第二部分：朗讀句子與短文

共有五個句子及一篇短文，請先利用一分鐘的時間閱讀試卷上的句子與短文，然後在一分鐘內以正常的速度，清楚正確的朗讀一遍。閱讀時請不要發出聲音。

One: I've been waiting for you for half an hour.

Two: How could you say one thing but do another in front of your boss?

Three: Although she knows we hate it, our P.E. teacher asks us to go jogging every day.

Four: With the tuxedo on, the guest became the center of attention at the ceremony.

Five: Whatever it takes, the boys need to clean up the mess and get things right.

Six: Bob's new classmate who sits next to him. She is a shy girl wearing old clothes and eating bread only. Bob thought she might be from a poor family. One day, the girl carried a box and came up to him. Bob guessed she would borrow things from him; instead, she gave him some treats and said, "Happy birthday!" Bob was surprised and realized he was wrong about her.

396

第三部分：回答問題

共七題。題目不印在試卷上，由耳機播出，每題播出兩次，兩次之間大約有一至二秒的間隔。聽完兩次後，請馬上回答，每題回答時間為 15 秒，回答時不一定要用完整的句子，但請在作答時間內儘量的表達。

請將下列自我介紹的句子再唸一遍：

My seat number is （座位號碼後 5 碼）, and my registration number is （考試號碼後 5 碼）.

答題示範

Part 1 複誦

test-a1.mp3

發音提示　粗體套色字為重音，加底線者為連音，| 為停頓。

1

Fancy meeting you here.

想不到會在這裡遇到你。

學習解析

· 重音放在 fancy 和 meeting 這兩個詞彙上，表示驚訝的語氣。
· fancy [`fænsɪ] 想像；喜愛 v.，在這裡是「意想不到」的意思。
  ex Do you fancy some sweets?
  你想來點甜食嗎？

2

A little of **this**, | a little of **that**.

我忙這、忙那的。

學習解析

· 重音放在 this 和 that 這兩個詞彙上面。
· 唸到 this 時可以先稍作停頓，再繼續唸句子的後半段。

③ **Without** this **good player**, | our team is **up against** it.

少了這名優秀的球員，我們的球隊正面臨困境。

學習解析

- 重音放在 without、good、up 和 against 這四個詞彙上面。
- 唸到 player 時可先稍作停頓，再繼續唸後半段的部分。
- is up against it 這個詞組包含幾個連音，可唸成 [ɪ-`zʌ-pə-`gɛn-stɪt]。

• •

④ Can't you try **not** to be so **selfish**?

你不能試著不要這麼自私嗎？

學習解析

- 重音放在 not 和 selfish 這兩個詞彙上面。
- 這句是否定開頭的問句，因此最後一個詞彙 selfish 的語調要稍微上揚。
- 這句有兩組連音，can't you 可唸成 [kæn-ʧjə]，not to 可唸成 [`nɑ-tə]。
- selfish [`sɛlfɪʃ] 自私的 adj.

• •

⑤ It's a **sunny** day, | with a **high** of **thirty** degrees Celsius.

今天的天氣很晴朗，最高溫可達攝氏 30 度。

- 重音放在 sunny、high 和 thirty 這三個詞彙上。
- 唸到 day 時可先稍作停頓，再繼續唸句子的後半段。
- 這一句有三組連音，包含 it's a [ɪ-tsə]、with a [wɪ-ðə]、high of [ˋhaɪ-əv]；而 degrees 的字尾 s 及 Celsius 的開頭 C 因為發音相似，可用一個 [s] 的發音帶過。
- Celsius [ˋsɛlsɪəs] 攝氏（溫度單位） n.

答題示範

Part 2 朗讀句子與短文

test-a2.mp3

發音提示　粗體套色字為重音,加底線者為連音,| 為停頓。

1　I've been **waiting** for you for **half** an hour.

我已經等你半小時了。

學習解析

- 重音放在 waiting 和 half 這兩個詞彙上面。
- half an hour 這個詞組要發連音,可以唸成 [`hæ-fə-`naʊr]。

2　How could you **say** one thing | but **do** another in front of your **boss**?

你怎麼可以在老闆面前說一套做一套呢?

學習解析

- 重音放在 say、do 和 boss 這三個詞彙上面。
- 這一句有兩個詞組要發連音,包含 could you [kə-dʒjə] 和 front of [`frʌn-təv]。

3 Although she knows we **hate** it, | our P.E. teacher **asks** us to go **jogging** every day.

雖然體育老師知道我們討厭這件事，她仍然要求我們每天慢跑。

學習解析
- 重音放在 hate、asks 和 jogging 這三個詞彙上面。
- 唸到 it 時可先稍作停頓，再繼續唸句子的後半段。
- 這一句有兩組連音，分別為 hate it [`he-tɪt] 和 asks us [`æsk-səs]。

4 With the **tuxedo** on, | the **guest** became the **center** of attention at the ceremony.

穿上這件燕尾服，這位貴賓變成這場典禮的關注焦點。

學習解析
- 重音放在 tuxedo、guest 和 center 這三個詞彙上。
- 唸到 on 時可先稍作停頓，再繼續唸句子的後半段。
- 這句有三組連音，包括 with the [wɪ-ðə]、of attention [əvə-`tɛnʃən] 和 at the [æ-ðə]。
- tuxedo [tʌk`sido] 燕尾服 n.

5 Whatever it takes, | the boys need to **clean** up the **mess** and get things **right**.

不計一切代價，這些男孩需要自己收拾殘局並把事情處理好。

學習解析
- 重音放在 clean、mess 和 right 這三個詞彙上。

· 唸到 takes 時可先稍作停頓，再繼續唸句子的後半段。

· 這句有許多詞組要發連音，分別是 it takes [ɪ-ˋteks]、need to [ˋni-tə]、clean up [ˋklin-əp] 和 get things [ˋgɛ-Өɪŋz]。

❻ 粗體套色字為重音,加底線者為連音,| 為斷句。

Bob has a new **classmate** | who **sits** next to him. | She is a **shy girl** |
wearing old **clothes**❶ and eating **bread** only. | Bob thought | she might be
from a **poor family**. | One day, | the girl carried a **box** and **came up** to
him. | Bob guessed❷ | she would **borrow** things from him; | instead, | she
gave him some treats❸ and said, | "Happy birthday!" | Bob was surprised❹ |
and realized❺ | he was **wrong** about her.

中文理解

　　　　　　　　　Bob 有一位新同學坐在他的旁邊。她是個害羞的女
　　　　　　　　孩,穿著舊衣服、只吃麵包。Bob 以為她可能家境清寒。
有一天,這個女孩拿著一個盒子來到他面前,Bob 猜她可能要來跟他借東西,不
過她反而給他一些零食,並跟他說:「生日快樂!」Bob 那時才驚覺原來是誤會
她了。

學習解析

❶ clothes [kloz] 衣服 n.(原本 th 唸 [ð],但為了搭配複數字尾 es [z],因此
　省略 [ð] 的發音)

❷ guessed [gɛst] 猜測 v.(由於 guess 的字尾是無聲子音 [s],因此加過去式
　的字尾 ed 也唸無聲的 [t])

❸ treats [trits] 請客 n.(字尾的 ts 不要分開唸,需要連在一起唸成 [ts],類似
　中文注音符號 ㄘ 的發音)

❹ surprised [sə`praɪzd] 感到驚訝的 adj.(因為 surprise 的字尾是有聲子音

[z]，因此加上分詞字尾 ed 發有聲的 [d]）

❺ realized [ˋrɪəlaɪzd] 了解 v.（由於 realize 的字尾也是有聲子音 [z]，因此加上過去式字尾 ed 要唸成有聲的 [d]）

Part 3 回答問題

test-a3.mp3

1 Do you live with your grandparents?

你跟你的祖父母住在一起嗎?

參考答案

I don't live with my grandparents. They live in the **suburbs**❶, and I live **downtown**❷ with my parents.

我沒有跟祖父母住在一起。他們住在郊區,而我跟父母住在市中心。

學習解析

❶ suburbs [`sʌbɚbz`] (複數)郊區 n.
❷ downtown [`daʊntaʊn`] 在市中心 adv.

2 Do you like instant noodles?

你喜歡吃泡麵嗎?

參考答案

Absolutely❶. I know they're not **healthy**❷ food, but I just can't **resist**❸ the smell. I eat them only once a month.

絕對喜歡。我知道它們不是健康的食物,但我就是無法抗拒那種香味。我一個月只吃一次。

學習解析

❶ absolutely [`æbsə͵lutlɪ] 絕對地 adv.

❷ healthy [`hɛlθɪ] 健康的 adj.

❸ resist [rɪ`zɪst] 抵抗 v.

3 What is the bad habit that you cannot break? Why?

你有什麼戒不掉的壞習慣？為什麼？

 I often stay up❶ late playing cell phone games. My mom is always mad❷ about it, but those games are so much fun and not easy to get rid❸ of.

我經常熬夜玩手機遊戲。我媽總是會為此感到非常生氣，但那些遊戲真的太好玩了，而且不容易戒掉。

學習解析

❶ stay up 熬夜，不去睡覺

❷ mad [mæd] 非常憤怒的 adj.

❸ get rid of 除去

4 Do you use food delivery services? Why or why not?

你有使用食物外送服務嗎？為什麼有或沒有？

 Yes, I sometimes do. Food delivery❶ services are convenient❷ for me because I'm busy on weekdays❸ and not good at cooking.

是的，我有時候會。食物外送服務對我來說很方便，因為我平日很忙，而且又不擅長煮菜。

學習解析

❶ delivery [dɪ`lɪvərɪ] 發送；投遞 n.

❷ convenient [kən`vinjənt] 方便的 adj.

❸ weekdays [`wikdez] 平日；工作日 n.

5 How often do you change cell phones?

你多常會換手機？

 I change cell phones once a year on average❶, but at times❷ I'll get a new one when my favorite model❸ is on sale.

我平均一年換一次手機，但有時候當我最喜歡的型號有在特價的話，我就會去買一支新的手機。

學習解析

❶ average [`ævərɪdʒ] 平均 n. → on average 平均

❷ at times = sometimes 有時候

❸ model [`mɑdəl] 模型；型號 n.

6 Which one do you think is more difficult, gaining weight or losing weight?

你認為哪一個比較困難,增重還是減重?

 For me, losing weight is more difficult. It's because we have to pay❶ special attention❷ to our diet❷ and daily routines❸.

對我來說,減重比較困難,因為我們必須特別注意我們的飲食及日常作息。

學習解析

· For me, losing weight is more difficult. =

   It's more difficult for me to lose weight.

· It's because ∼,意思是「這是因為∼」。

   ex I often stay up late. It's because I like to watch some TV shows at night.

   我經常熬夜,這是因為我喜歡在晚上看一些電視節目。

❶ attention [ə`tɛnʃən] 專注 → pay attention to 注意∼

❷ diet [`daɪət] 飲食,食物 n.

❸ routine [ru`tin] 例行公事;日常工作 n. → daily routine 日常作息

7 Your friend invites you to a party, but you're one hour late. Apologize❶ to him or her.

你的朋友邀請你參加一場派對,但是你遲到一小時。請向他/她道歉。

 I'm so sorry for being late. I got stuck❷ in traffic❸ on my way here. Let me buy you dinner to make it up❹ to you.

真的很抱歉我遲到了。在我來的途中,被困在車陣中。讓我請你吃晚餐來補償你吧。

學習解析

・ I'm so sorry for n. / Ving，意思是「我對～很抱歉」。

❶ apologize [əˋpɑlədʒaɪz] 道歉 v.

❷ stuck [stʌk] 動不了的 adj.

❸ traffic [ˋtræfɪk] 交通量 n.

❹ make up to ~ 補償～

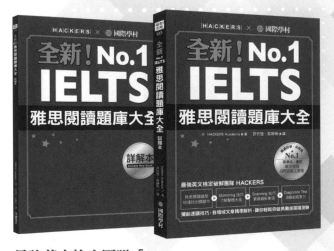

全新雅思

最強英文檢定破解團隊 Hackers 的獨家考試策略，
在寫作、口說測驗中，展現絕佳技巧！

英語檢定第一品牌「Hackers」
精確診斷出寫作英文文章的盲點，
讓你在考試時能夠快速列出大綱架構、找出關鍵字，
在時間內寫出流暢、通順而且高分的內容！

作者：Hackers Academia

最強英文檢定破解團隊「Hackers」
精確診斷出面對考官的注意事項及口說的盲點，
讓你在考前掌握考官的出題思路、答題方式，
並在時間內說出考官會給分的答案！

作者：Hackers Academia

新制多益

考前衝刺拿高分！
聽力、閱讀、單字、文法全面提升

百萬考生唯一推薦的新制多益單字書！不管題型如何變化，持續更新內容，準確度最高！依2018年最新改版多益題型整理編排，滿足各種程度需求，學習更有效率！

作者：David Cho

最具權威 David Cho 博士，掌握新制多益的最新趨勢，率先掌握全面改版的多益題型，最能反映多益現況！雙書＋2MP3＋1互動聽力答題訓練光碟，史上最強黃金組合！

作者：David Cho

最具權威 David Cho 博士，掌握新制多益的最新趨勢，率先掌握全面改版的多益題型，最能反映多益現況！學習有系統，分析最全面，解說最用心，史上最強黃金組合！

作者：David Cho

新制多益

破解多益出題實況，給你十回最逼真的模擬試題！

新制多益 全新！TOEIC 聽力題庫解析 Listening

最逼真的聽力 10 回 1000 題模擬試題！多益之神 David Cho 率領的權威團隊 Hackers Academia，完整解析＋單字表＋英美澳加多國口音 MP3 音檔，掌握最新出題方向，抓住最新考試題型！

作者：Hackers Academia

新制多益 全新！TOEIC 閱讀題庫解析 Reading

最新閱讀 10 回試題，教你完全征服新制題型！多益之神 David Cho 率領的權威團隊 Hackers Academia，最逼真的考題＋最詳盡的解說，就算題型變難也不怕！

作者：Hackers Academia

新制多益 TOEIC 題庫解析 狠準 5 回

聽力＋閱讀 5 回全真試題！多益之神 David Cho 率領的權威團隊 Hackers Academia，最逼真的考題、最詳盡的解說及解題技巧、4 種版本 MP3 ！

作者：Hackers Academia

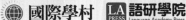

台灣廣廈 國際出版集團
Taiwan Mansion International Group

國家圖書館出版品預行編目（CIP）資料

新制全民英檢初級口說測驗必考題型／國際語言中心委員會、
陳鈺璽著. -- 初版. -- 新北市：國際學村，2022.01
面；　公分
ISBN 978-986-454-198-0（平裝附光碟片）
1. 英語 2. 讀本

805.1892　　　　　　　　　　　　　　　110021526

國際學村

NEW GEPT 新制全民英檢初級口說測驗必考題型
從發音基礎、答題策略到解題示範，自學、初學者也能循序漸進獲得高分！

作　　　者／國際語言中心委員會、　　編輯中心編輯長／伍峻宏・執行編輯／陳怡樺
　　　　　　　陳鈺璽　　　　　　　　　　封面設計／何偉凱・內頁排版／菩薩蠻數位文化有限公司
　　　　　　　　　　　　　　　　　　　　製版・印刷・裝訂／東豪・紘億・明和

行企研發中心總監／陳冠蒨　　　　　　線上學習中心總監／陳冠蒨
媒體公關組／陳柔彣　　　　　　　　　產品企製組／黃雅鈴
綜合業務組／何欣穎

發　行　人／江媛珍
法　律　顧　問／第一國際法律事務所 余淑杏律師・北辰著作權事務所 蕭雄淋律師
出　　　版／國際學村
發　　　行／台灣廣廈有聲圖書有限公司
　　　　　　　地址：新北市235中和區中山路二段359巷7號2樓
　　　　　　　電話：（886）2-2225-5777・傳真：（886）2-2225-8052

代理印務・全球總經銷／知遠文化事業有限公司
　　　　　　　地址：新北市222深坑區北深路三段155巷25號5樓
　　　　　　　電話：（886）2-2664-8800・傳真：（886）2-2664-8801
郵　政　劃　撥／劃撥帳號：18836722
　　　　　　　劃撥戶名：知遠文化事業有限公司（※單次購書金額未達1000元，請另付70元郵資。）

■出版日期：2022年01月　　　　　ISBN：978-986-454-198-0
　　　　　　2024年07月3刷　　　　版權所有，未經同意不得重製、轉載、翻印。